CÁNDIDO
o el optimismo

Voltaire

Título: Cándido o el optimismo
Título original: *Candide, ou l'Optimisme*
Autor: Voltaire

© Edimat Libros, SA
C/ Primavera, 10, nave 35
28500 Arganda del Rey
Madrid-España
www.edimat.es

Traducción, introducción y notas: Luis Blanco Vila
Diseño de cubierta: Karakachoff Estudio
Ilustración de cubierta: Andrés Nancul para Karakachoff Estudio

ISBN: 978-84-9794-712-1
Depósito Legal: M-24817-2025

Impreso en China - *Printed in China*

A MODO DE PRESENTACIÓN
DE UN GENIO IMPRESENTABLE

I

Voltaire: más «enragé»–rabioso,
que «engagé»–comprometido

El 21 de noviembre de 1694, poco después de que naciera la primera edición del *Diccionario de la Academia Francesa,* viene al mundo, en París, François-Marie Arouet, que será conocido en la gloria y en la memoria como Voltaire.

No ha cumplido los siete años —en 1701— cuando muere su madre. Con diez años comienza su formación en el colegio «Louis le Grand». Su padre considera que los jesuitas son los educadores que necesita aquel niño, ya por aquellos años agudo de ingenio y brillantísimo de expresión.

En 1706, su padrino, el abate Châteauneuf, lo presenta en la sociedad del Temple. Frecuenta los medios literarios de vanguardia, y no precisamente los más pacatos y conservadores; sus biógrafos coinciden en que el niño se encontraba más a gusto entre los libertinos.

Nada más firmarse el Tratado de Utrecht que pone fin a la guerra de Sucesión en España y confirma a la rama de los Borbones, en la persona de Felipe V, en el trono español, François-Marie, que no ha cumplido aún los diecinueve años, viaja a La Haya, donde se instala y ejerce como secretario del embajador de Francia.

En 1715 muere Luis XIV. Poco después, tras publicar dos poemas satíricos contra el regente, es desterrado, primero a Tulle y, después, a Sully-sur-Loire. Acabará de purgar la condena con once meses de cárcel en La Bastilla. Estamos en 1717. Pocos meses más tarde, en 1718, estrena, con éxito, su primera tragedia, *Edipo.*

En 1719 adopta el que será su nombre literario y su identidad por excelencia: comienza a firmar como Voltaire. Tiene éxito y goza del favor de la nobleza; tanto, que llega a considerarse noble él mismo. En 1723 escribe su poema épico *La Henriada,* con una expresiva dedicatoria a la reina de Inglaterra, que será publicado en Londres cinco años más tarde. En 1725 se funda la primera logia masónica de París con la que, muy pronto, Voltaire tendrá contacto. En 1726 tiene un duro altercado con el caballero de Rohan, al que reta, aunque nada sabe de armas; el caballero no se digna aceptar el reto de un burgués y, además de enviar contra él a unos esbirros que le propinan una brutal paliza, lo denuncia, y de nuevo es encerrado, para, más tarde, ser desterrado a Inglaterra. Se instala en Londres, donde residirá hasta 1735. En Inglaterra es recibido como un genio, es agasajado, halagado y acogido con honores en las mansiones de más solera, donde, además se reúne con los escritores y ensayistas coetáneos suyos, como Swift, Pope, Berkeley y otros. Vuelve, no obstante, a París, en 1729, y, en la capital, escribe su tragedia *Brutus,* que estrena en septiembre de 1730. La *Historia de Carlos XII,* que publica clandestinamente al año siguiente, después de la prohibición expresa, es secuestrada de inmediato por orden del rey.

Ya es, como puede comprobarse, un hombre polémico y popular; no es extraño que el estreno, en París, el 3 de agosto de 1732, de su nueva tragedia, *Zaire,* se convierta en todo un acontecimiento y en un éxito polémico. Al año siguiente, 1733, también en medio de la controversia y el escándalo, publica *El templo del gusto,* al tiempo que aparecían en Londres, en inglés, y con el título de *Cartas sobre los ingleses,* las mismas que, en 1734 y ahora en francés, serán sus célebres *Cartas filosóficas.* El escándalo es monumental porque el libro es un auténtico manifiesto liberal en el que se resumen las ideas más avanzadas de la Ilustración. El editor/librero es detenido, el libro quemado públicamente, y Voltaire, sabiendo que se ha emitido una orden de captura contra él, se siente amenazado, de nuevo, con la cárcel y se esconde en la Champagne, en casa del marqués de Châtelet, de cuya esposa, por cierto, era amante desde hacía casi un año. En 1735, que es el año de su regreso definitivo de Inglaterra, escribe *La muerte de Julio César;* tardará ocho años en estrenarse. Un año después estrena una nueva tragedia, titulada *Alcira, o los americanos.* Ese mismo año aparece *El mundano*. En 1738, es el poema *Discurso en verso sobre el hombre*, al tiempo que va escribiendo un poema irreverente titulado *La doncella de Orleans*. Para entonces lleva ya casi un año de correspondencia postal con el príncipe Federico de Prusia, que será emperador Federico II en 1740. En cuanto sube al trono llama a Berlín a su amigo Voltaire. Al año siguiente, fiel a su ritmo de casi una tragedia anual, escribe *El fanatismo o Mahoma el profeta*, y, apenas año y medio después, le toca el turno a *Mérope*.

En 1744 le llega a Berlín la noticia del perdón real y el deseo de los franceses de que vuelva a París, cosa que hace en breve, acompañado por madame Châtelet, quien le será infiel y se convertirá en amante del joven poeta Saint-Lambert. Es nombrado historiador del rey. Casi de inmediato (1746) es elegido miembro de la Academia Francesa, al tiempo que es nombrado gentilhombre de la cámara real. Ese mismo año compone *La princesa de Navarra*, comedia-ballet que se estrena en las fiestas de la boda del Delfín. Es aclamado y se le colma de honores.

Voltaire comienza a preocuparse: no ha hecho «méritos» para que se le otorguen tantos honores. Pero se tranquiliza sabiendo que la bonanza durará poco. Tan poco que, en 1747 —apenas un año después de su exaltación—, nada más publicar su cuento *Memnon*, primera versión de *Zadig*, tiene que refugiarse en Sceaux, en casa de la duquesa del Maine.

Por aquellos mismos días, en París, el librero/editor Le Breton encarga a Diderot y a d'Alembert la dirección de la Enciclopedia. Una decisión que será clave en la historia y la cultura de Occidente. Al año siguiente, 1748, mientras Voltaire se entretiene en la corte de Stanislas Leczinsky, en Lorena, otro acontecimiento cultural de primera magnitud se produce en París: la aparición de *De l'esprit des lois*, de Montesquieu. Ese año, la aportación de Voltaire también es importante: el cuento *Le monde comme il va* y las tragedias *Semíramis*, *Orestes* y *Roma salvada*. Peor es 1749, año en que muere madame Châtelet, la amante doblemente infiel, cuando está dando a luz un hijo del poeta Saint-Lambert. Voltaire publica su comedia *Nanine*. Solo, en 1750 regresa a Berlín, donde es nombrado chambelán del emperador Federico con una sustanciosa pensión; mientras, otro de los grandes autores del siglo, Rousseau, publica el *Discours sur les sciences et les arts* y se prepara la inmediata aparición del primer volumen de la *Enciclopedia* (1751). En 1752 publicará su cuento filosófico *Micromégas,* buen antecedente de *Cándido.*

Después de una larga estancia en la corte de Federico II, una serie de disgustos y desavenencias —especialmente una sonada y pública discusión con el director de la Academia de Berlín, Maupertuis—, y la falta de apoyo del emperador le aconsejan regresar a Francia. Sin embargo, las relaciones con Federico II seguirán siendo buenas y se cruzarán correspondencia hasta la víspera de la muerte de Voltaire. Hastiado de París, compra la finca Las Delicias, en territorio suizo, cerca de Ginebra. Allí se instala en 1755.

Ese mismo año se produce el terrible terremoto de Lisboa, que se cobra más de cuarenta mil vidas; queda tan impresionado que escribe de inmediato el *Poème sur le désastre de Lisbonne,* que coincide, en su publicación, en 1756, con el *Essai sur les moeurs* (Ensayo sobre las costumbres), pero también con el luctuoso comienzo de la Guerra de los Siete Años. En 1757 estalla el escándalo provocado por el artículo «Geneve», de la *Enciclopedia,* que pone a Voltaire en dificultades, porque, si bien es cierto que el artículo lo había escrito D'Alembert, todo el mundo sabía que él había sido el inspirador. El Gran Consejo de Ginebra no está nada contento con Voltaire. En el artículo se acusa a varios pastores miembros del Gran Consejo de ser meros deístas y racionalistas.

En 1758 compra, también muy cerca de Ginebra, pero esta vez en territorio francés, la propiedad de Ferney, un auténtico castillo parecido al del barón de Wesfalia donde aparece Cándido al principio del cuento y donde laguidece la hermosa Cunegunda. Ferney será conocido como «el monasterio filosófico del siglo». En esa su nueva casa escribirá el cuento filosófico más importante de cuantos publicó, *Candide, ou l'Optimisme,* que aparecerá al año siguiente, 1759. En 1760 se instala definitivamente en Ferney.

Por esas fechas adopta a la señorita Comeille y comienza su intensa guerra filosófica con Rousseau. En 1762 interviene en el *affaire* Calas, al que defiende porque «el fanatismo religioso lo ha condenado, siendo como es inocente». La Iglesia Católica —«el infame», así la llama—, tampoco se libra de sus críticas.

En 1763 aparece su *Traité sur la tolérance* —el año anterior había salido *Du contrat social,* de Rousseau—, y en 1764, *Diccionario filosófico*. En 1766, *Relation de la mort du chavalier de La Barre,* que le causó nuevos y serios problemas; al año siguiente son *L'lngénu* (El ingenuo) y varios cuentos.

En 1773, con la creación del Gran Oriente Francés y con, casi al tiempo, la disolución, por Clemente XIV, de la Compañía de Jesús, Voltaire recupera buena parte del apoyo de los intelectuales y empieza a ser considerado como un valor nacional francés, líder, además, de cuantos profesan ideas avanzadas. Todavía escribirá y publicará algunas obras más —*El hombre de los cuarenta escudos, La princesa de Babilonia, El toro blanco* (cuentos), y *La Biblia al fin explicada*. En 1775 toma claro partido y sostiene con su prestigio a Turgot.

El 5 de febrero de 1778 sale hacia París, a donde llega, en olor de multitudes, cinco días después. Aún tiene tiempo para estrenar (30 de marzo) su última tragedia, *Irene,* cuya representación se convierte en una apoteosis para el autor, cuyo busto, en el escenario, es coronado de laurel y besado por las actrices. Muere el 30 de mayo, unas horas después de haber presidido una sesión en la Academia. El arzobispo de París y el párroco de Saint-Sulpice le niegan el entierro en sagrado, pese a una supuesta, tal vez tibia, retractación poco antes de la muerte. El 2 de julio, treinta y tres días después, lo sigue su querido enemigo J.J. Rousseau.

Me he limitado a trazar las líneas fundamentales de la trayectoria vital y literaria de Voltaire. Sin embargo, bastan estos trazos para advertir que, siendo como es un escritor comprometido, lo es, sobre todo, rabiosamente. Ama la libertad de las ideas, quiere verlas volar sin que nadie las escopetee o les corte las alas, en un marco total de tolerancia, escenario único e indispensable del hombre inteligente. Me atrevo a pensar que el lector, con estos trazos, ha adivinado, certeramente, cómo era Voltaire, cuál era su talante.

II

Lo que da de sí un cuento... aunque sea filosófico

En 1758, instalado ya en Ferney, en la frontera suiza, muy cerca de Ginebra, Voltaire está a punto de cumplir los sesenta y cuatro años; es un personaje célebre, elogiado y censurado, amado y odiado; está de vuelta en la vida por mor de un sin fin de experiencias; tiene la vanidad acomodada —aunque nunca satisfecha—, el humor aplacado —aunque no inválido—, las pasiones tranquilas —aunque no inermes—, pero, sobre todo, está harto de algunos vicios mayores de la sociedad que le ha tocado vivir: la injusticia permanente, la prepotencia, las prerrogativas de los nobles, el régimen militarista —que tanto lo escandalizó en sus años prusianos y, sobre todo, en el tiempo que pasó en Postdam—, el poder y la hipocresía del clero, el abandono total en que se encuentran las clases humildes... Todo ello, acompañado, en su triste sentimiento, por desgracias naturales, como el ya citado terremoto de Lisboa (1755), y por castigos infligidos al pueblo por los políticos, como la Guerra de los Siete Años (1756).

En esta Europa atribulada y convulsa, Voltaire se siente amenazado, y no sólo moral o psicológicamente, sino también con amenazas reales de muerte o de cárcel, sobre todo después de su toma de postura pública en torno a temas políticos y religiosos, algo tan natural y frecuente en él.

El propio soberano, Luis XV, le ha puesto el veto y prohibido vivir en París. En frase suya, muy conocida, «tout ne va pas pour le mieux dans le meilleur des mondes possibles» (no todo se encamina a lo mejor en el mejor de los mundos posibles, doctrina anti-cándida, como es notorio).

Cándido, por voluntad del autor, es un cuento, filosófico, pero, como todo cuento, filosófico o no, está conformado por un transcurso argumental y unas pautas o puntos de reflexión. En ambos surcos, el argumental y el reflexivo, abundan —sobre abundan, mejor— los elementos y anécdotas personales, arrojados al cauce de un guion siempre caprichoso.

De entrada, utiliza el truco literario del «manuscrito ajeno y encontrado», tan clásico y tan socorrido, incluso hoy —bástenos recordar, por ejemplo, *La familia de Pascual Duarte,* de Camilo José Cela—, gracias a lo cual, este texto «traducido del alemán por el señor doctor Ralph», se nos presenta como algo independiente de la iniciativa del autor verdadero, es decir, de Voltaire, buscando, con ello, una garantía de supuesta imparcialidad. De esa manera, el autor real pretende tomar una cierta perspectiva y quiere alejarse de cuanto en el libro se dice o denuncia, truco que le consiente, a la vez, ser más directo, más crudo y más irónico —es el personaje quien lo dice...—, al tiempo que puede conceder al protagonista, Cándido, —y de hecho lo hace— la tópica omnisciencia que le permite entrar en el pensamiento de los demás personajes e incluso dirigirlo.

Por otra parte, el cauce del guion está sobrecargado de elementos de carácter personal y de acontecimientos y personajes reales que se "presentan" en el momento exacto de la narración, con su nombre y el acontecimiento histórico del que fueron protagonistas, como si, en efecto, su vida y su hecho formaran parte de la acción del cuento y los personajes de ficción los compartieran. Cándido, Pangloss y el «brutal marinero que dejó que se ahogara el virtuoso anabaptista», náufragos y únicos supervivientes del maremoto que acompañó al terremoto de Lisboa del día de Todos los Santos de 1755, entran por mar en la capital portuguesa y participan, como testigos, pero también después como víctimas, del acontecimiento luctuoso, pues víctimas propiciatorias van a ser del *autodafé* del rijoso gran inquisidor (Cap. V y sigs.). Y, aunque a más distancia y sin protagonismo, también presencian, el 14 de marzo de 1757, la ejecución, el fusilamiento, sobre el puente superior de su navío amarrado en el puerto inglés de Porstmouth, del almirante Byng, para quien, por cierto, Voltaire había conseguido del duque de Richelieu una inútil carta de petición de gracia dirigida al monarca inglés (Cap. XXIII).

Pero, pese a todas estas cuñas de realidad histórica y de biografías reales, Cándido disfruta, sobre todo, del privilegio de la versátil agilidad imaginativa del cuento. Personajes y coros... o, si se prefiere, personajes y fondos escénicos, se convierten en representaciones, casi siempre parcializadas por la opinión del autor Voltaire, de la realidad de su tiempo, mientras, asimismo, los protagonistas tratan de encarnar ideas, tarea que no siempre resulta fácil. Voltaire es un pensador, un filósofo, un ensayista, razón por la cual tiende a teorizar; pero también es un espléndido escritor, un constructor de obras literarias —sobre todo dramáticas, sus tragedias—, y conoce cual debe ser la medida de la reflexión dentro de la carcasa del cuento, si no quiere aburrir al lector. *Cándido* es un magnífico ejemplo de mesura y de eficacia literarias, de acuerdo con la preceptiva, pero también con las intenciones demoledoras —a su manera moralizantes— del autor. En *Cándido,* la peripecia argumental es muy superior a la exposición de las ideas.

Como era habitual en el nuevo humanismo que arranca de los siglos XIII y XIV, —hábito que se mantiene en los siglos posteriores y aún hoy abundan los ejemplos—, cuando el autor quiere dar contenidos doctrinales a sus obras, del género que sea, busca protagonistas capaces de representar ideas, o rescata, incluso, autores clásicos que puedan, con su indiscutida autoridad, conducir esas ideas. Pongamos el caso de Virgilio, tan usado como guía literario, bien por Dante en sus paseos infernales, bien como protagonista de la gran novela del ingeniero austriaco, judío y exiliado del nazismo, Hermann Broch, *La muerte de Virgilio,* de 1945. Voltaire, que es hombre muy culto, prefiere encarnaciones nominales y nombres más recientes, incluso contemporáneos suyos, para dar más valor a sus personajes. Cándido, el protagonista, es una encarnación nominal de la candidez, del optimismo (el título completo del cuento es *Cándido o el optimismo),* retrato paródico del bobalicón que espera que el mundo sea, en efecto, el mejor de los mundos posibles. Pero, Cándido es, además, el bastardo, condición que explica su actitud —la de Voltaire actuando a través del personaje— frente a la hipócrita soberbia de las clases poderosas. Y Pangloss, el preceptor, es el todo-lengua, literalmente, en griego. Y Vanderduntur, el negociante holandés que trafica con esclavos, es un personaje odioso cuyo nombre Voltaire construye con el de dos de sus enemigos, el magistrado de Amsterdam Vanderdussen y el librero de La Haya Vanduren. Y en el capítulo XXII, el más extenso de todos los del libro, aparecen nombrados tres ilustres enemigos de Voltaire (Fréron, Ganchat y Trublet), de la misma manera que en los círculos infernales aparecen los enemigos, en vida, de Durante Alighieri.

El joven barón Thunder-ten-tronckh, ilustre vástago del barón del hermoso castillo de Wesfalia, que arrojara a Cándido a coces de tan incomparable mansión, por usar los biombos para achuchar a la baronesilla Cunequnda..., el joven barón, digo, acabará siendo, en el transcurso de su vida, jesuita y homosexual, seguramente los dos castigos más crueles que Voltaire pudo idear. La vieja, otro personaje patético y un tanto celestinesco del largo cuento, resulta ser hija de un papa y de una princesa...

Y, además, Voltaire hace gala de una imaginación capaz de teñir un paisaje soñado con los tintes más hermosos de un paisaje vivido, y así sucede con frecuencia en sus relatos. La visión del lago Leman desde sus posesiones de Ferney, por ejemplo, le sirve para idear una visión de Constantinopla; el temple del clima de Las Delicias lo atribuye a los días del Bósforo. La América ignota —Paraguay, por ejemplo, o el Surinam— la entreveé y entresaca de sus lecturas, de las referencias de los viajeros o de su propia lógica imaginativa, que nunca le falla. Aunque, con toda razón, se le combata su visión «monárquica absolutista» de los reyes del Paraguay, es decir, de los jesuitas de las famosas «reducciones».

El «aire» del cuento de Voltaire es fruto maduro de su imaginación libresca y literaria. Una imaginación que le consiente achacar al protagonista toda la descripción objetiva —pero cándida— de su realidad.

La doctrina de Voltaire está asentada sobre los conceptos de libertad y tolerancia. En *Cándido* se pone en evidencia que la libertad es algo que roza la utopía y que la tolerancia acaba siendo, por el abuso de los demás, una virtud heroica pero también masoquista. No obstante, se reafirma en la certeza de que no hay libertad sin tolerancia, al ser la libertad un bien de todos y la tolerancia una *conditio sine qua non* de la libertad.

Hace muchos años, cuando estudiábamos literatura y filosofía en los cursos de Humanidades y del bachillerato —digo estudiábamos, no digo que las materias aparecieran en el plan de estudios—, Francia disfrutaba del privilegio de tener en sus anales de la historia del pensamiento y la literatura las dos bestias negras de la Iglesia Católica: Voltaire y Renan. La tercera sería, supongo, Nietzsche, el alemán de «la muerte de Dios». A estas alturas de la historia de la civilización, Voltaire es, acaso, un viejo gruñón anticlerical y blasfemo, que quiere pero no puede, y que, por tanto, resulta casi siempre inofensivo, mientras Renan es un historiador —también del pueblo judío— que, además, escribió una sensacional *Vida de Cristo,* y Nietzsche está siendo recuperado como el gran poeta y pensador que fue, ahora que se cumplen los cien años de su muerte, después de muchos otros de locura. Y *Cándido* acaba siendo lo que siempre fue: un divertido cuento filosófico —pues el autor lo quiere, ya que en ningún momento se expone doctrina sobre los temas que simplemente se anuncian como importantes—, del que podemos disfrutar, incluso riendo las barbaridades nacidas de las tremendas fobias anticlericales y de sus «volterianas» irreverencias, por no decir abiertamente, blasfemias.

Lo cual no obsta para que Cándido siga siendo una denuncia global de la podrida sociedad del siglo XVIII y, junto con las obras de sus compañeros de la *Enciclopedia,* será fermento de la gran renovación cultural que, en política, acabará siendo Revolución Francesa.

III

Nuestra edición

Sólo unas indicaciones. El texto íntegro de *Cándido* que aquí ofrecemos es el que se fijó de acuerdo con la edición original de 1759, «chez Cramer à Geneve» (edición de Crámer, en Ginebra), con los añadidos, además, que, según el editor ginebrino, se encontraron en el bolsillo del Doctor (Ralph) después de su muerte en Minden el año de gracia de 1759. Este texto original, por otra parte, está depurado y contrastado en vida del autor, exactamente en 1775, para la edición de sus *Obras Completas,* que se hizo ese mismo año.

En todo momento hemos tratado de mantener, en castellano, la viveza del estilo irónico, satírico, siempre desenfadado y con oscilaciones e intensidades continuas en uno u otro matiz, lo que hace casi imposible seguir el ritmo intencional de Voltaire. Pese a todo, y sin alejarnos nunca de la literalidad del texto, tenemos la esperanza de haber logrado, en buena medida, eso tan difícil en la forma literaria de Voltaire, que en traducciones anteriores —muchas de ellas meritísimas— no encontramos o, si acaso, en otras, encontramos en demasía, hasta el punto de no reconocer al autor, y sí al traductor, en el libro. Si lo nuestro parece pecado de inmodestia, pedimos sinceramente que el lector nos perdone.

CÁNDIDO
o el optimismo

CAPÍTULO PRIMERO

De qué manera fue educado Cándido en un precioso castillo y de qué manera fue echado de él

Vivía en Wesfalia[1], en el castillo del señor barón de Thunder-ten-tronckh, un muchacho al que la naturaleza había regalado las cualidades más delicadas. Su fisonomía era espejo de su alma. Disfrutaba de una inteligencia muy ordenada, dentro de un espíritu de clara transparencia; creo que precisamente por esa razón se le llamaba Cándido. Los viejos criados de la casa sospechaban que era hijo de la hermana del señor barón y de un bondadoso y honrado gentilhombre de la vecindad, al que la damita no quiso nunca esposar, porque él nunca pudo acreditar más de setenta y un cuarteles[2], ya que el resto de su árbol genealógico se había perdido por la incuria del tiempo.

El señor barón era uno de los más poderosos de Wesfalia, pues su castillo tenía puerta y ventanas[3]. Incluso el gran salón del castillo estaba adornado con tapicería. Si hacía falta, el conjunto de los perros que había en sus corrales podía ser una jauría, sus palafraneros se convertían en monteros y el vicario del pueblo, en su capellán. Todos lo llamaban Ilustrísima y le reían las gracias.

La señora baronesa, que pesaba unas trescientas cincuenta libras[4], gozaba, justamente por eso, de una enorme consideración, y hacía los honores de la casa con tal dignidad que, con ello, ganaba aún más res-

---

[1]   Se trata de una provincia/región alemana, situada al oeste del país. La elección de Wesfalia para arranque del cuento se debe, sobre todo, a que, en el siglo XVIII era una región devastada por las guerras entre los soberanos de los estados y principados europeos. Todos los lugares, en el cuento de Voltaire, responden a una evocación intencionada.

[2]   Los cuarteles de nobleza eran, en Alemania, dieciséis por la rama paterna y otros tantos por la materna. En Francia, la cuarta parte por cada una de las ramas.

[3]   Alusión a la extrema pobreza de Wesfalia, según algunos. Otros consideran la frase una ironía contra el filósofo alemán Leibniz, cuyo mundo, las mónadas, «no tienen ni puertas ni ventanas». La mansión las tenía.

[4]   Alrededor de ciento sesenta kilos.

peto. Su hija Cunegunda, de sólo diecisiete años, era rubicunda, lozana, rolliza y apetitosa. El hijo del barón era en todo digno hijo de su padre. El preceptor Pangloss era el oráculo de la mansión y Candidito seguía sus lecciones con toda la buena fe de su edad y de su manera de ser. Pangloss enseñaba la metafísico-teólogo-cosmolo-nigología[5]. Demostraba admirablemente que no hay efecto sin causa y que, en el mejor de los mundos posibles, el castillo de su ilustrísima el señor barón era el más precioso de los castillos, y que la señora era la mejor de las baronesas posibles[6].

«Está demostrado, decía, que las cosas no pueden ser de otra manera: porque, estando todo previsto para un fin, necesariamente todo debe estar predestinado para el mejor de los fines. Fijáos bien: la nariz ha sido hecha para llevar anteojos: y por eso usamos anteojos. Las piernas, es evidente, han sido hechas para ser calzadas, razón por la que tenemos calzones. Las piedras se han formado para ser talladas y para hacer, con ellas, castillos, razón por la cual su Ilustrísima tiene un preciosísimo castillo. Es lógico que el más importante barón de la provincia sea también el mejor alojado; y como los cerdos han sido hechos para ser comidos, comemos cerdo todo el año. Y así, los que han aventurado que todo está bien no han dicho más que una tontería: hay que decir que todo está lo mejor posible».

Cándido escuchaba atentamente y, en su inocencia, lo creía todo, ya que encontraba a la señorita Cunegunda extremadamente hermosa, aunque nunca se atrevió a decírselo. Deducía que, después de la felicidad de haber nacido barón de Thunder-ten-tronckh, el segundo nivel de la felicidad era, lógicamente, ser la señorita Cunegunda; el tercero, verla todos los días; y el cuarto, escuchar al maestro Pangloss, el más grande filósofo de la provincia, y, por tanto, de todo el mundo.

Un día, Cunegunda, que paseaba por los alrededores del castillo, en el pequeño bosque que llamaban parque, vio entre la maleza, al doctor Pangloss, que estaba dando una lección de física práctica a la doncella de su madre, una morenita de verdad encantadora y dócil. Y como la señorita Cunegunda tenía una gran predisposición para las ciencias, se empapó, sin respirar, de las reiteradas experiencias de

---

[5]   No hace falta señalar la carga de burla que soporta el nombre de la «ciencia» que se inventa Voltaire, híbrido de las enseñadas por los maestros pedantes de la época.

[6]   De nuevo se burla de Leibniz y de su concepto del «mejor de los mundos posibles».

las que fue testigo: pudo contrastar con toda claridad el eficaz razonamiento del doctor, efectos y causas, de manera que regresó agitadísima, reflexionando intensamente, con el deseo ardiente de ser también sabia, pensando que también ella podía ser la razón suficiente del joven Cándido, quien, a su vez, podía ser la suya.

De regreso al castillo, se dio de bruces con Cándido y se ruborizó; a Cándido le sucedió lo mismo; con voz entrecortada, lo saludó; Cándido se puso a hablarle sin saber lo que decía. Al día siguiente, al retirarse de la mesa, después de comer, Cunegunda y Cándido se encontraron detrás de un biombo; Cunegunda dejó caer su pañuelo, Cándido lo recogió; ella, con toda inocencia, le cogió la mano; el joven, también inocentemente, besó la mano de la jovencita, con una viveza, con una sensibilidad y con una gracia especialísimas: sus bocas se encontraron, sus ojos se inflamaron, sus rodillas flaquearon, sus manos se perdieron. El señor barón de Thunder-ten-tronckh, que pasaba en ese momento cerca del biombo, viendo aquella causa y aquel efecto, se puso a dar a Cándido patadas en el culo hasta echarlo del castillo. A Cunegunda le dio un soponcio; cuando volvió en sí, la señora baronesa la abofeteó; y todo fue pura consternación en el más precioso y el más feliz de los castillos posibles.

CAPÍTULO II

Lo que le sucedió a Cándido con los búlgaros

Arrojado del Edén, Cándido caminó durante mucho tiempo sin saber hacia donde, siempre llorando, alzando los ojos al cielo, volviéndolos continuamente en la dirección del más precioso de los castillos, que encerraba a la más hermosa de las baronesitas. Se acostó, sin cenar, en medio de dos surcos, en la inmensidad del campo. Caía la nieve en copos gordísimos. Aterido, al día siguiente, Cándido se dirigió hacia la vecina ciudad, llamada Valdberghoff-trarbk-dikdorff, sin un céntimo, muerto de hambre y de cansancio. Con su aspecto sombrío, se detuvo delante de una taberna.

Dos hombres vestidos de azul[7] repararon en él.

—Camarada —le dijo uno al otro— he ahí un joven bien formado y que tiene la estatura exigida.

Se acercaron a Cándido y le rogaron, muy educadamente, que los acompañara a almorzar.

—Señores —les dijo Cándido con una modestia encantadora—, me honran mucho, pero no tengo con qué pagar mi parte[8].

—Por favor, señor —le dijo uno de los azules—, personajes de vuestro talante y de vuestra categoría jamás pagan: ¿no medís cinco pies y cinco pulgadas de altura?[9]

—Sí, señores, esa es precisamente mi talla —dijo él al tiempo que hacía una reverencia.

—Muy bien, señor; sentáos, pues, a la mesa; no sólo os invitaremos sino que nunca aceptaremos que un hombre como vos esté falto de dinero; los hombres no han sido hechos más que para ayudarse los unos a los otros.

---

[7]   El uniforme de los «reclutadores» del ejército prusiano era azul; Voltaire era antimilitarista pero, sobre todo, odiaba al ejército prusiano, que aquí es el búlgaro.

[8]   Literalmente, «mi escote». De «pagar a escote».

[9]   Un poco más de 1,65 metros.

—Tenéis razón —dijo Cándido—, eso es lo que siempre me ha enseñado el maestro Pangloss y, en efecto, veo que todo es lo mejor posible.

Le ruegan que acepte unos escudos, lo hace y pretende firmarles un recibo, cosa que ellos no le consienten; y se sientan a la mesa.

—¿No amáis tiernamente?

—Oh, sí —contesta él—, amo tiernamente a la señorita Cunegunda.

—No, no —dice uno de aquellos señores—, lo que os preguntamos es si no amáis tiernamente al rey de los búlgaros.

—Por supuesto que no —dice él—, porque no lo he visto nunca.

—¡No es posible! Es el más encantador de los reyes y debemos beber a su salud.

—Oh, con mucho gusto, señores.

Y bebe.

—Bien, eso es suficiente —le dicen—, he aquí que os habéis convertido en apoyo, sostén, defensor y héroe de los búlgaros; vuestra suerte está echada y vuestra gloria, asegurada.

Y, de pronto, le ponen grilletes en los pies y lo conducen al regimiento. Allí se le hace andar a derecha, a izquierda, subir la baqueta, volver a introducirla, apuntar, disparar, doblar el paso y, además, le propinan treinta bastonazos; a la mañana siguiente ya hace el ejercicio no tan mal y recibe sólo veinte golpes; al siguiente ya no le dan más que diez, y sus camaradas lo ven como un milagro.

Estupefacto, Cándido no acaba de entender demasiado bien por qué es un héroe. Un espléndido día de primavera se le ocurre ir a dar un paseo, y se va caminando, siempre en línea recta, creyendo que era privilegio de la especie humana, como lo era de la especie animal, servirse de sus piernas a su antojo. No ha hecho ni siquiera dos leguas[10] cuando he aquí que otros cuatro héroes de seis pies de alto lo alcanzan, lo atan y lo llevan a una mazmorra.

Allí se le preguntó, en términos legales, qué prefería, si ser azotado treinta y seis veces por cada uno de los componentes del regimiento o recibir, de una vez, doce perdigones en el cerebro. Y, aunque repuso donosamente que las voluntades son libres y que no quería ni lo uno ni lo otro, no tuvo más remedio que escoger: y decidió, de acuerdo con el don de Dios llamado libertad, ser pasado treinta y seis veces por las

---

[10] Una legua equivalía a unos tres kilómetros y medio.

baquetas: soportó dos pases. Hay que tener en cuenta que el regimiento estaba integrado por dos mil hombres y que, por tanto, esas dos rondas supusieron cuatro mil golpes de baqueta; es lógico que, desde la nuca hasta el culo, quedaran al aire músculos y nervios. Y, como iba a comenzar la tercera ronda, Cándido, que ya no podía más, pidió como favor que tuvieran la bondad de romperle la cabeza. Consiguió el favor: le vendan los ojos, lo obligan a ponerse de rodillas. En ese mismo momento, pasa por allí el rey de los búlgaros, se informa del delito que ha cometido el condenado y, como el rey es hombre de gran inteligencia, se da cuenta, por todo lo que le dicen de Cándido, que está ante un joven metafísico enormemente ignorante de las cosas de este mundo, y le concede el perdón con una generosidad que será alabada por todos los periódicos y por todos los siglos.

Un magnífico cirujano curó a Cándido, en sólo tres semanas, aplicándole los emplastos que recomendaba Dioscórides[11]. Ya tenía un poco de piel y hasta podía, incluso, caminar, cuando el rey de los búlgaros libró una batalla contra el rey de los ábaros[12].

---

[11] Médico griego del siglo I famoso por sus extrañas recetas. Rabelais lo cita con frecuencia.

[12] Los ábaros eran un pueblo mongol, uno de tantos como «invadieron» Occidente. En el cuento representan a los franceses.

CAPÍTULO III

Cómo Cándido se salvó de los búlgaros y qué fue de él

Nada tan hermoso, tan agradable a los ojos, tan esplendoroso, tan perfecto estéticamente como los dos ejércitos frente a frente. Las trompetas, los pífanos, los obóes, los tambores, los cañones, componían una tal armonía como nunca jamás hubo en el infierno. De entrada, los cañones sembraron por tierra unos seis mil hombres, más o menos, de cada bando; después, la mosquetería puso fuera de circulación del mejor de los mundos entre nueve y diez mil canallas que infectaban su superficie. La bayoneta fue, también, razón suficiente de la muerte de algunos miles de hombres. Bien puede ascender el total a una treintena de miles de almas. Cándido, que temblaba como un filósofo, se escondió lo mejor que pudo mientras se daba esta heroica carnicería.

Finalmente, mientras los dos reyes hacían celebrar sendos *Te Deum*[13], cada uno en su campo, él decidió marcharse a otro sitio a reflexionar sobre los efectos y las causas. Tuvo que pasar por encima de montones de muertos y de agonizantes para alcanzar, en primer lugar, una población vecina; estaba en cenizas: se trataba de un pueblo ábaro que los búlgaros habían quemado, de acuerdo con las leyes del derecho público. Por aquí, los viejos acribillados a golpes viendo cómo morían sus mujeres, degolladas, con sus bebés a sus pechos ensangrentados; por allí, las muchachas, destripadas, después de haber saciado las necesidades naturales de algunos héroes, rendían los últimos suspiros; otras, medio quemadas, pedían a gritos que se las rematara. Diseminados por el suelo, sesos, junto a trozos de brazos y piernas.

---

[13]   *Te, Deum, laudamus* (A Ti, Dios, alabamos): himno y ceremonia de acción de gracias por algún favor recibido, que la Iglesia Católica celebra incluso por algún éxito, victoria o aniversario patrióticos. La tradición dice que lo compusieron, al alimón, san Ambrosio y san Agustín, para celebrar el bautismo de este último, tras su conversión. La historia dice, con casi total seguridad, que el compositor fue Nicetas, obispo de Remesiana, en la Dacia, que murió en el año 414.

Cándido salió huyendo a toda velocidad rumbo a otra población: era de los búlgaros, y los héroes ábaros la habían tratado de la misma manera. Siempre pasando sobre miembros aún palpitantes o atravesando ruinas, llegó, finalmente, fuera del escenario de la guerra, llevando algunas provisiones en su bizaza, y sin olvidar ni un solo momento a la señorita Cunegunda. Le faltaron provisiones cuando llegó a Holanda; pero, como había oído decir que, en este país, todo el mundo era rico, y, además, eran cristianos, no tuvo la menor duda de que lo iban a tratar tan bien como lo habían tratado en el castillo del señor barón antes de que fuera echado de mala manera por causa de los hermosos ojos de la señorita Cunegunda.

Pidió limosna a muchos personajes de importancia; todos ellos le dijeron que, como continuara desempeñando ese oficio, lo iban a hacer encerrar en un correccional, donde le enseñarían a vivir.

Después se dirigió a un hombre que acababa de hablar, él solito y sin parar durante una hora, ante una gran concurrencia, sobre la caridad.

Mirándolo de soslayo, el orador le dijo:

—¿Qué vienes a hacer aquí? ¿Estás por la buena causa?

—No hay efecto sin causa —repuso, modestamente—, Cándido; todo está necesariamente encadenado y encaminado a lo mejor. Hizo falta que fuese arrojado de la vera de la señorita Cunegunda, que fuese pasado por las baquetas, y ahora es necesario que mendigue el pan hasta que pueda ganarlo por mí mismo; está claro que no podía ser de otra manera.

—Amigo mío —le dijo el orador—, ¿crees que el papa es el Anticristo?

—Nunca lo había escuchado —respondió Cándido—, pero, lo sea o no, el caso es que sigo sin pan.

—No mereces comerlo —dijo el otro—; lárgate, canalla; vete, miserable, y no vuelvas a acercarte a mí en toda tu vida.

La mujer del orador, que se había asomado a la ventana, al ver a un hombre que tenía sus dudas de que el papa fuera el Anticristo, le acertó en la cabeza con un completo...[14] ¡Oh, cielos, y a qué excesos conduce, en las damas, el celo por la religión!

---

[14]   Se refiere a un orinal lleno de excrementos.

Un hombre que no había sido bautizado, un buen anabaptista[15], llamado Jacques, pudo ver de qué manera cruel e ignominiosa se había tratado a uno de sus hermanos, a un ser bípedo e implume dotado de un alma[16]; lo llevó a su casa, lo adecentó, le dio pan y cerveza, le regaló dos florines e incluso quiso enseñarle a trabajar en sus manufacturas de paños de Persia que se fabrican en Holanda. Cándido, casi echado por tierra ante él, exclamó:

—El maestro Pangloss me lo había dicho bien claro, que todo, en este mundo, está ordenado a lo mejor, pues me siento infinitamente más conmovido en mi alma por vuestra extrema generosidad que por la dureza del caballero del manteo negro y de su esposa.

Al día siguiente, mientras daba un paseo, se encontró con un mendigo todo él cubierto de llagas, los ojos sin luz, el promontorio de la nariz roído, la boca retorcida, los dientes negros, que hablaba con la garganta, convulsionado por una tos violenta, y escupiendo un diente en cada acceso.

---

[15] De una facción protestante que no admite el bautismo hasta la edad adulta. En este caso, Santiago (Jacques) es el buen samaritano; debe desaparecer enseguida, pues no tiene cabida en un mundo desalmado.

[16] La definición del hombre como animal bípedo e implume es clásica aristotélica.

CAPÍTULO IV

Cómo Cándido encontró a su antiguo maestro de filosofía, el doctor Pangloss, y lo que pasó

Movido más por la lástima que por el horror, Cándido dio a aquel espantoso pordiosero los dos florines que había recibido de regalo de su buen anabaptista Jacques. El fantasma lo miró fijamente, derramó algunas lágrimas y le saltó al cuello. Cándido, espantado, retrocede:

—¿Qué es esto? —dijo el miserable al otro miserable—, ¿ya no reconoces a tu querido Pangloss?

—¿Qué oigo? ¿Sois vos, mi querido maestro? ¿Vos, en ese estado tan horroroso? ¿Qué desgracia os ha acaecido? ¿Por qué no estáis en el más hermoso de los castillos? ¿Qué le ha sucedido a la señorita Cunegunda, la perla de las doncellas, la obra maestra de la naturaleza?

—No puedo más —dijo Pangloss.

Inmediatamente, Cándido lo condujo al establo del anabaptista, y allí le hizo comer un poco de pan, y, cuando Pangloss tomó fuerzas:

—¿Y bien —le dijo—, y Cunegunda?

—Ha muerto —repuso el otro.

Al oír esas palabras, Cándido perdió el sentido; su amigo lo reanimó con un poco de vinagre en mal estado que, por casualidad, encontró en el establo. Cándido vuelve a abrir los ojos:

—¡Cunegunda, muerta! ¡Ah! ¿Dónde estáis, mejor de los mundos? Pero, ¿de qué enfermedad murió? ¿Pudo ser por haber visto cómo se me arrojaba, con grandes patadas en el trasero, del hermoso castillo de su padre?

—No —dijo Pangloss—, sencillamente, fue destripada por los soldados búlgaros, tras ser violada tanto como se puede ser; destrozaron la cabeza del señor barón, que pretendió defenderla; la señora baronesa fue troceada; mi pobre alumno fue tratado lo mismo que su hermana, y, en cuanto al castillo, no ha quedado piedra sobre piedra, ni una troje, ni un camero, ni un pato, ni un árbol; sin embargo, ya hemos sido cumplidamente vengados, ya que los ábaros han hecho lo mismo en una baronía cercana que pertenecía a un señor búlgaro.

Oído el relato, Cándido se desvaneció una vez más; pero, vuelto en sí, y habiendo dicho todo lo que debía decir, quiso saber la causa y el efecto, y la razón suficiente que habían llevado a Pangloss a semejante estado.

—¡Ay! —dijo él—, es el amor: el amor, el consolador del género humano, el conservador del universo, el alma de todos los seres sensibles, el tierno amor.

—¡Oh! —dijo Cándido—, yo lo he conocido, ese amor, ese rey de los corazones, alma de nuestra alma; no me ha reportado más que un beso y veinte patadas en el culo. ¿Cómo es posible que una causa tan hermosa haya podido producir en vuestro caso un efecto tan abominable?

Pangloss replicó en estos términos:

—¡Oh, mi querido Cándido! Tú has conocido a Pascualina[17], la bonita doncella de nuestra augusta baronesa; en sus brazos yo he gustado las delicias del paraíso; ellas han generado estos tormentos infernales, que, como ves, me han devorado; ella la tenía y, seguramente, habrá muerto de ella. Pascualina había recibido el regalito de un fraile del cordón[18], muy sabio, ya que se había remitido a la fuente, pues lo había recibido de una vieja condesa, que la había recibido, a su vez, de un capitán de caballería, y éste se la debía a una marquesa, que la tenía de un paje, el cual la había recibido de un jesuita que, siendo novicio, la había recibido en línea directa de un compañero de Cristóbal Colón. Por lo que a mí respecta, no se la voy a pasar a nadie, porque me estoy muriendo.

—¡Oh, Pangloss —exclamó Cándido—, he ahí una extraña genealogía! ¿No estará el diablo en el origen de todo?

—¡Qué va! —replicó el gran hombre—; se trata de algo indispensable en el mejor de los mundos, de un ingrediente necesario: porque

---

[17] Veo, en casi todas las versiones españolas, traducido el nombre —diminutivo— de Paquette por Paquita, algo ciertamente anómalo. Invento de Voltaire, como casi todos, Paquette tendría su origen, en todo caso, en Pâque, Pascua. Desde ese posible origen, tendríamos Pascualina, que es el nombre más lógico de la criada que, más adelante, volveremos a encontrar. Por lo que se refiere a la «extraña genealogía», es claro que habla de la sífilis, mal que, según algunos tratadistas médicos de la época, había sido «importada» de América. Según otros, es enfermedad bíblica y conocida en Oriente, de donde la trajeron las legiones romanas. La lepra de Job, según esta versión, sería sífilis.

[18] Es decir, de un franciscano.

si Colón no hubiera agarrado, en una isla de América, esta enfermedad que emponzoña la fuente de la generación, que incluso frecuentemente impide esa generación y que, evidentemente, es lo opuesto al gran objetivo de la naturaleza, no tendríamos ni el chocolate ni la cochinilla; hay que tener en cuenta, además, que, en nuestro continente, hasta hoy, esa enfermedad, igual que la controversia sobre ella, es sólo nuestra. Los turcos, los indios, los persas, los chinos, los siameses, los japoneses, aún no la conocen; pero hay razones suficientes para que todos ellos, en algunos siglos, vayan a conocerla. Mientras, ha hecho, entre nosotros, una maravillosa progresión, de manera especial en estos grandes ejércitos compuestos por honrados mercenarios, bien criados, que disponen de la suerte de los Estados; se puede decir que cuando treinta mil hombres se baten en ordenada lid contra tropas en número parejo, en cada parte hay alrededor de veinte mil infectados con el virus.

—¡Qué cosa más admirable! —dijo Cándido—; pero hay que curaros.

—¿Y cómo lo conseguiría? —preguntó Pangloss—; no tengo ni chica, amigo mío y, si no pagas, o sin que alguien pague por uno, no hay, en toda la superficie del globo, lugar donde hacerse una sangría o donde te pongan una lavativa.

Estas últimas palabras fueron suficientes para que Cándido se decidiera; fue a echarse a los pies de su caritativo anabaptista Jacques y le hizo una pintura tan conmovedora del estado a que se veía reducido su amigo que el buen hombre no dudó en hacerse cargo del doctor Pangloss y corrió con los gastos de su curación. En este proceso curativo, Pangloss no perdió más que un ojo y una oreja. Como escribía muy bien y conocía perfectamente la aritmética, el anabaptista Jacques lo hizo su contable[19]. Dos meses más tarde, como tenía que ir a Lisboa por asuntos comerciales, el anabaptista Jacques llevó en su barco a los dos filósofos. Pangloss le explicó cómo todo estaba que no podía estar mejor. Jacques, la verdad, no estaba de acuerdo.

---

[19] Literalmente dice «tenedor de libros», pero se entiende, en un fabricante de paños, que se trata de libros de contabilidad. De ahí nuestra traducción como «contable». Así lo entiende, también, el diccionario de la Real Academia.

Decía:

Reconozcamos que los hombres han corrompido un poco la naturaleza, porque no nacieron lobos y se han convertido en lobos[20]. Dios no les ha proporcionado ni cañones del veinticuatro ni bayonetas, y ellos han fabricado bayonetas y cañones para destruirse. También podría añadir a la lista las quiebras y la justicia misma, que se apodera de los bienes de los arruinados para dejar con un palmo de narices a los acreedores.

—Todo eso era indispensable —replicaba el doctor tuerto—, y las desgracias de los particulares no hacen sino contribuir al bien general; de tal manera que cuantas más desgracias particulares se den, mejor estará todo.

Mientras él se iba explicando, el aire se tornó oscuro, los vientos soplaron de las cuatro esquinas del mundo y el barco fue embestido por la más horrible tempestad, cuando ya tenían a la vista el puerto de Lisboa.

---

[20] Parece una cierta alusión —así lo reconocen los expertos en Voltaire— a la definición hobbesiana, en *Leviatán*, que toma como tal la sentencia latina *Homo homini, lupus*. Sin embargo, y puesto que se trata de una sentencia clásica, no hay por qué acudir a Hobbes, al que, por cierto, Voltaire estudió y admiró durante su exilio en Londres.

CAPÍTULO V

Tempestad, naufragio, terremoto y qué fue del doctor Pangloss, de Cándido y del anabaptista Jacques

Extenuados, a punto de morir a causa de esas angustias increíbles que el cabeceo de un barco hace aflorar en los nervios y en todas las sensaciones del cuerpo, agitadas de manera contradictoria, la mitad de los pasajeros no tenía ni siquiera fuerza para inquietarse por el peligro que corrían. La otra mitad dejaba escapar alaridos y rezaba; las velas se habían desgarrado, los mástiles se habían roto, el barco estaba abierto por la mitad. Trabajaba el que estaba en condiciones de hacerlo, pero nadie se entendía, nadie tenía el mando. El anabaptista ayudaba un poco en la tarea; se encontraba en el puente superior; de pronto, un marinero enloquecido lo golpea brutalmente y lo tira sobre la cubierta; pero, a consecuencia del golpe que le dio, él mismo sufrió una sacudida tan violenta que cayó fuera del barco, la cabeza por delante. Quedaba colgado, enganchado a una parte rota del mástil. El bueno de Jacques corre en su socorro, lo ayuda a subir al barco, pero, a causa del esfuerzo que hace, cae al mar a la vista del marinero que lo deja perecer sin dedicarle siquiera una mirada. Cándido se acerca, ve cómo su bienhechor reaparece por un instante y que es engullido por siempre jamás. Quiere tirarse al mar en su busca, pero el filósofo Pangloss se lo impide, al tiempo que le demuestra que la rada de Lisboa había sido formada a propósito para que este anabaptista se ahogara allí. Mientras se lo probaba *a priori,* el barco se parte en dos, todo perece excepto Pangloss, Cándido y el brutal marinero que había ahogado al virtuoso anabaptista: el canalla nadó felizmente hasta la orilla, a donde Pangloss y Cándido fueron llevados por el mar sobre una tabla.

Cuando se repusieron un poco, se encaminaron a Lisboa; les quedaba algún dinero con el que esperaban salvarse del hambre, tras haber escapado a la tempestad.

Apenas ponen el pie en la ciudad, mientras lloran la muerte de su benefactor, sienten que la tierra tiembla bajo sus pasos, el mar, en el puerto, se levanta hirviente y destroza los barcos que se guarecen en él. Torbellinos de llamas y de cenizas cubren las calles y las plazas públicas; las casas se desmoronan, los tejados caen sobre sus cimientos y los cimientos se corren: treinta mil habitantes de toda edad y sexo caen aplastados bajo las ruinas. El marinero, silbando y jurando, decía:

—Algo habrá para ganar aquí.

—¿Cuál puede ser la razón suficiente de este fenómeno? —decía Pangloss.

—Estamos en el último día del mundo —gritaba Cándido.

El marinero corre, sin pensarlo, en medio de los escombros, se expone a la muerte con tal de conseguir dinero, lo encuentra en efecto, se lo guarda, se embriaga y, una vez que ha reposado el vino, compra los favores de la primera muchacha de buena voluntad que encuentra en las ruinas de las casas destruidas, en medio de los agonizantes y de los muertos. Pangloss le tiraba de la manga:

—Amigo mío —le decía—, esto no está bien; estáis faltando a la razón universal, no es precisamente éste el momento.

—¡Por todos los diablos! —respondió el otro—, soy marinero y nacido en Batavia[21]; cuatro veces he pisoteado el crucifijo[22] en otros tantos viajes al Japón... ¡Pues sí que has encontrado a tu hombre con tu razón universal!

Algunos trozos de piedras habían herido a Cándido; estaba tendido en la calle y cubierto de escombros. Le decía a Pangloss:

—Por favor, consígueme un poco de vino y de aceite, que me muero.

—Este terremoto no es nada nuevo —respondió Pangloss—; el año pasado, la ciudad de Lima, en América, tuvo las mismas sacudidas; a causas iguales, iguales efectos: ciertamente, hay un reguero de azufre bajo tierra desde Lima hasta Lisboa.

—Nada es más probable —dijo Cándido—, pero, por Dios, dadme un poco de aceite y de vino.

---

[21] Hoy, Yakarta, capital de Indonesia, en las antiguas Indias holandesas.
[22] Alusión directa al «rito» de la profanación del crucifijo, caminando sobre él, pisándolo, al que, según algunos historiadores y viajeros, sometían los japoneses a los cristianos si éstos querían mantener comercio con ellos.

—¿Cómo probable —replicó el filósofo—; yo sostengo que está demostrado.

Cándido perdió el conocimiento y Pangloss le llevó un poco de agua de una fuente próxima.

A la mañana siguiente, habiendo encontrado, deslizándose por entre los escombros, algunos comestibles, pudieron reparar algo sus fuerzas. Después, trabajaron como todos para ayudar a los habitantes que se habían salvado. Algunos ciudadanos a los que habían socorrido les dieron una cena tan espléndida como pudieron, teniendo en cuenta semejante desastre; es verdad que la comida era triste; los invitados regaban el pan con sus lágrimas, pero Pangloss los consoló, asegurándoles que las cosas no podían ser de otra manera:

—Porque —dijo él—, todo esto no es sino lo mejor; si hay un volcán en Lisboa, no podía estar en otro lugar, ya que es imposible que las cosas no sean lo que son, pues todo está bien.

Un hombrecillo de negro, familiar de la Inquisición[23], que estaba a su lado, tomó educadamente la palabra y dijo:

—Este señor tiene toda la apariencia de no creer en el pecado original, pues, si todo está dispuesto para lo mejor, no ha habido ni caída ni castigo.

—Pido humildemente perdón a Vuestra Excelencia —respondió Pangloss—, incluso más educadamente, pues la caída del hombre y la maldición formaban parte, necesariamente, del mejor de los mundos posibles.

—¿Es que el señor no cree, entonces, en la libertad? —dijo el familiar.

—Vuestra Excelencia debe excusarme —dijo Pangloss—; la libertad puede convivir con la necesidad absoluta; porque era necesario que fuéramos libres, porque, finalmente, es la voluntad la que decide...

Estaba Pangloss a mitad de su respuesta cuando el familiar hizo una seña con la cabeza a su ayudante, quien le sirvió un buen vino de Porto o de Oporto.

---

[23] La expresión la toma directamente de la castellana «familiar del Santo Oficio» o de la propia Inquisición; se entiende que es un oficial con poderes para detener a quienes sean sospechosos de delito contra la fe.

CAPÍTULO VI

Cómo se celebró un hermoso *autodafé*[24] para impedir los terremotos y cómo Cándido fue azotado

Tras el terremoto que había destruido las tres cuartas partes de Lisboa, los sabios del país no encontraron mejor manera de evitar la ruina total que ofrecer al pueblo un hermoso *autodafé;* la universidad de Coímbra[25] había dictaminado que el espectáculo de unas cuantas personas quemadas a fuego lento, en ceremonia solemne, sería un remedio infalible para evitar que la tierra temblara.

Y así, se había cogido a un bizcaíno[26], convicto de haberse casado con su comadre[27] y a dos portugueses que, a la hora de comer un pollo, le habían quitado la parte grasa[28]; y, después de la cena fueron a detener al doctor Pangloss y a su discípulo Cándido, el primero por haber hablado y el segundo por haber escuchado con aire de asentimiento; los dos fueron conducidos, por separado, a unos cuartos excesivamente frescos, que nunca habían sido molestados por el sol; ocho días más tarde, los dos fueron vestidos con un sambenito[29] y se adornó sus cabezas con mitras de papel; tanto la mitra como el sambenito de Cándido estaban pintados con llamas hacia abajo y con diablos que no tenían ni cola ni garras; los diablos de Pangloss, en cambio, sí tenían garras y colas, y las llamas subían hacia arriba. Vestidos de esa guisa,

---

[24] *Autodafé:* Voltaire lo escribe todo junto y en portugués. Es, por supuesto, el clásico auto de fe inquisitorial.

[25] En Coímbra, además de la universidad más prestigiosa del país y una de las más célebres de Europa, estaba la sede central de la Inquisición portuguesa.

[26] Bizcaíno se escribía con B de manera habitual.

[27] La comadre es la madrina que saca de la pila del bautismo al niño; el padrino es su compadre; la Iglesia vetaba ese matrimonio por el vínculo espiritual que habían contraído en el sacramento.

[28] Quitar el tocino, el gordo, en los alimentos era propio de judío o judaizante.

[29] El sambenito es vestido en forma de escapulario, uniforme de los condenados por la Inquisición. Mitra es más un gorro elevado, semejante a los que usan los obispos en las ceremonias litúrgicas.

fueron caminando en procesión y tuvieron que escuchar un sermón muy patético, seguido de una bonita música en fabordón[30]. Cándido, mientras se cantaba, fue azotado cadenciosamente; el bizcaíno y los dos hombres que no habían querido comer la parte grasa fueron quemados, y Pangloss, aunque no es lo habitual, fue ahorcado. Ese mismo día, la tierra volvió a temblar, con un estrépito espantoso.

Cándido, horrorizado, estupefacto y desatinado, todo él ensangrentado y palpitante, se decía a sí mismo: «Si éste es el mejor de los mundos posibles, ¿cómo serán, entonces, los otros? Pase, incluso, que me azoten; ya lo hicieron los búlgaros; pero ¡oh, mi querido Pangloss, el más grande de los filósofos!, ¿hacía falta ver cómo os ahorcaban sin que sepa por qué? ¡Oh, mi querido anabaptista, el mejor de los hombres! ¿Hacía falta que os ahogaran en el puerto? ¡Oh, señorita Cunegunda, la perla de las muchachas!, ¿hacía falta que os despanzurraran?».

Mientras que, predicado, azotado, absuelto y bendecido, salía de allí, sosteniéndose apenas, lo abordó una vieja y le dijo:

—Ánimo, hijo mío; seguidme.

---

[30] El fabordón es una forma de contrapunto, sobre canto llano sostenido, en la polifonía religiosa.

CAPÍTULO VII

Cómo una vieja cuidó de Cándido
y cómo encontró lo que él amaba

No se animó mucho Cándido, pero siguió a la vieja hasta una casucha de nada: ella le dio un tarro de pomada para que se untara, le dio comida y bebida y le señaló una camita muy limpia; muy cerca del lecho estaba un traje completo.

—Comed, bebed, dormid —le dijo—, y que Nuestra Señora de Atocha[31], mi señor san Antonio de Padua y mi señor Santiago de Compostela os cuiden. Vendré mañana.

Cándido, siempre asombrado por lo que había visto, por todo lo que había sufrido, y, más todavía, por la generosidad de la vieja, quiso besarle la mano.

—No tenéis por qué besar mi mano —dijo la vieja—. Volveré mañana. Daos la pomada, comed y dormid.

Y, en efecto, a pesar de tantas desgracias, Cándido comió y durmió.

Al día siguiente, la vieja le trae desayuno, revisa su espalda y ella misma le da otra pomada; luego, le trae también la comida; regresa por la noche y le trae la cena. Al día siguiente repite la misma liturgia.

—¿Quién sois? —le repetía Cándido la pregunta—; ¿quién os ha inspirado tanta bondad? ¿Cómo podré yo daros las gracias?

La buena mujer nada respondía; pero volvió al anochecer y no trajo cena:

—Venid conmigo —dijo—, y no digáis palabra.

---

[31]   En el original de Voltaire hay una anotación suya curiosa: dice que «esta Nuestra Señora es de leño; cada año, el día de su festividad, llora, y con ella llora todo el pueblo». Es de suponer que se trata de un nuevo intento de poner en ridículo la devoción popular, además de ser pésima información —la venerada imagen no «ha llorado nunca»— la de Voltaire.

Lo agarra del brazo y se va caminando con él por el campo algo así como un cuarto de milla: llegan a una casa aislada, rodeada de jardines y de canales. La vieja golpea en una pequeña puerta. Se abre, y conduce a Cándido por una escalera disimulada hasta una habitación color oro, lo deja sentado en un canapé de brocatel, cierra la puerta y se va. Cándido creía estar soñando, y toda su vida le parecía un sueño funesto, mientras veía el momento actual como un sueño agradable.

La vieja regresó enseguida: sostenía con esfuerzo a una mujer temblorosa, de talle majestuoso, brillante toda ella con las joyas y cubierta con un velo.

—Quitadle el velo —dijo la vieja a Cándido.

El joven se acerca, levanta el velo con mano tímida. ¡Qué momento! ¡Qué sorpresa! Cree ver a la señorita Cunegunda; la veía, en efecto, era ella. Le fallan las fuerzas, no puede articular palabra, cae a sus pies. Cunegunda cae sobre el canapé. La vieja los rocía con aguas espirituosas, recuperan el conocimiento, se hablan; al principio son palabras entrecortadas, preguntas y respuestas que se entrecruzan, suspiros, lágrimas, gritos. La anciana les ruega que hagan menos ruido, y los deja a su albedrío.

—No es posible —dice Cándido—, ¡sois vos! ¡Estáis viva! ¡Y os encuentro en Portugal! Entonces, ¿no os violaron? ¿No os abrieron de arriba abajo, como me aseguró el filósofo Pangloss?

—Así sucedió—dice la hermosa Cunegunda— pero no siempre se muere a causa de esos dos accidentes.

—Y vuestro padre y vuestra madre, ¿han sido asesinados?

—Eso sí es demasiado cierto —dijo Cunegunda llorando.

—¿Y vuestro hermano?

—También asesinaron a mi hermano.

—¿Y por qué estáis en Portugal? ¿Y cómo habéis sabido que yo estaba aquí, y por qué extraña aventura me habéis hecho conducir hasta esta casa?

—Os diré todo eso —replicó la dama—, pero quiero que, antes, me contéis todo lo que os ha pasado desde aquel beso inocente que me disteis y de los puntapiés que vos recibísteis.

Cándido, con profundo respeto, la obedece; y aunque estaba cortado, aunque su voz era débil y con temblores, aunque aún le dolía el espinazo, le contó, de la manera más ingenua, todo cuanto había soportado desde la separación. Cunegunda levantaba los ojos al cielo; lloró cuando él le contó la muerte del buen anabaptista y de Pangloss. Después de todo eso, ella habló a Cándido, que no perdía palabra y que la devoraba con los ojos, con estas palabras.

CAPÍTULO VIII

Historia de Cunegunda

—Estaba yo en mi cama profundamente dormida cuando plugo al cielo enviar a los búlgaros a nuestro hermoso castillo de Thunder-ten-tronckh; fueron ellos quienes degollaron a mi padre y a mi hermano, y trocearon a mi madre. Un enorme búlgaro, de seis pies de altura, al ver que, ante aquel horror, yo me había desmayado, se puso a la tarea de violarme; y eso me hizo volver en mí, recuperé el conocimiento, me puse a dar gritos, me defendí como pude, me lié a darle dentelladas, lo arañé; quería arrancar los ojos a aquel gran Búlgaro, sin tener idea de que todo lo que sucedía en el castillo de mi padre era algo normal. El animal me dio una cuchillada en el costado izquierdo, que aún llevo la cicatriz.

—¡Vaya! Espero verla —dijo el inocentón de Cándido.

—Ya la veréis —dijo Cunegunda—; pero, sigamos.

—Continuad —dijo Cándido.

Y ella retomó, de esta manera, el hilo de su historia:

—Entró un capitán búlgaro, me vio toda ensangrentada, y el soldado ni se movía. El capitán se encolerizó al ver el poco respeto que mostraba aquel animal, y lo mató sobre mi cuerpo. Luego hizo que me curaran, y me llevó en calidad de prisionera de guerra al cuartel donde vivía. Yo lavaba las pocas camisas que él tenía, me ocupaba de la cocina; hay que decir que me encontraba muy hermosa, y, la verdad, tampoco voy a negar que él no estaba nada mal ni que tenía la piel blanca y suave; en cambio, tenía poca cabeza y no mucho conocimiento: se veía claramente que no había sido educado por el doctor Pangloss. Al cabo de tres meses, perdido que hubo todo su dinero y hastiado de mí, me vendió a un judío llamado don Isacar, que comerciaba en Holanda y en Portugal y que amaba apasionadamente a las mujeres. Este judío quedó locamente prendado de mí, pero no tuvo éxito, pues lo rechacé incluso con más fuerza que al soldado búlgaro:

una persona de honor puede ser violada una vez, pero su virtud se afirma precisamente por eso.

Para doblegarme, el judío me trajo a esta casa de campo que aquí veis. Hasta entonces yo creía que nada había en la tierra tan hermoso como el castillo de Thunder-ten-tronckh; ahora ya estoy desengañada.

Un día, el Gran Inquisidor me vio en misa, me estudió con sus ojos largamente e hizo que me dijeran que tenía que hablar conmigo de asuntos secretos. Fui conducida a su palacio, le di a conocer cual era mi cuna; él me hizo ver cuán por debajo de mi categoría estaba pertenecer a un israelita. En su nombre, propusieron a don Isacar que me cediera a monseñor. Don Isacar, que es el banquero de la corte y hombre de crédito, no quiso saber nada del asunto. El Inquisidor le amenazó con un *autodafé*. Finalmente, mi judío, intimidado, llegó a un acuerdo, por el cual la casa y yo seríamos propiedad compartida de los dos: que el judío tendría para él los lunes, miércoles y el día del *sabbat,* y el inquisidor tendría los restantes días de la semana. Hace seis meses que dura ese pacto. No sin jaleos, porque, a menudo, deja de estar claro si la noche del sábado al domingo pertenece al Antiguo o al Nuevo Testamento. En cuanto a mí, he resistido hasta ahora a los dos, y creo que por esa razón sigo siendo amada.

En fin, para desviar el azote de los terremotos y para intimidar a don Isacar, le plugo a monseñor el inquisidor celebrar un *autodafé*. Me hizo el honor de invitarme: fui muy bien situada; entre la misa y la ejecución, a las damas nos sirvieron refrescos. En verdad, quedé paralizada por el horror al ver cómo quemaban a los dos judíos y al honrado bizcaíno que se había casado con su comadre; pero, ¡cuál no sería mi sorpresa, mi espanto, mi turbación cuando vi, con un sambenito y bajo una mitra de papel, una cara que se parecía a la de Pangloss! Me froté los ojos, miré atentamente, vi cómo lo ahorcaban; me desmayé. Apenas recuperé mis sentidos os vi a vos sin ropas, completamente desnudo. Aquello fue el no va más del horror, de la consternación, del dolor, de la desesperación. Os diré, de verdad, que vuestra piel es todavía más blanca y más rosada que la de mi capitán de los búlgaros. Aquella visión redobló todos los sentimientos que me abrumaban, que me devoraban. Gritaba, quise decir: «¡Deteneos, bárbaros!». Pero la voz me faltó, y mis gritos hubieran sido inútiles. Cuando quedásteis bien azotado, yo me decía: «¿Cómo puede ser que el amable Cándido y el sabio Pangloss se encuentren en Lisboa, uno para recibir cien latigazos y el otro para ser ahorcado por orden de monseñor el inquisidor de quien soy la predilecta? Entonces, Pangloss me ha engañado cruelmente, pues siempre me decía que todo marcha lo mejor del mundo.

Agitada, enloquecida, tan pronto fuera de mí misma como cerca de la muerte por debilidad, tenía la cabeza cargada de imágenes del asesinato de mi madre, de mi padre y de mi hermano; también de la insolencia del vil soldado búlgaro, de la puñalada que me dio, de mi esclavitud, de mi oficio de cocinera, de mi capitán búlgaro, de mi villano don Isacar, de mi abominable inquisidor, del doctor Pangloss ahorcado, de aquel gran miserere[32] en fabordón durante el cual os azotaban, y, sobre todo, del beso que yo os di detrás del biombo el día en que os vi por última vez. Alababa a Dios que os devolvía a mí pasando por tantas pruebas. Encomendé a mi vieja que os cuidara y os trajera aquí en cuanto pudiera. Ha hecho muy bien lo encomendado; yo he tenido el placer indecible de volver a veros, de escucharos, de hablaros. Pero, me temo que tendréis un hambre devoradora y yo tengo mucho apetito; empecemos la cena.

Y ahí están los dos, sentándose a la mesa. Y, después de cenar, regresan al hermoso canapé del que ya se ha hablado. En él estaban cuando llegó el «signor don Isacar», uno de los dueños de la casa. Era el día del *sabbat*. Venía a disfrutar de sus derechos, y a derramar su tierno amor.

---

[32] Miserere: oración de penitencia, frecuentemente cantada, que comienza con la expresión latina. *Miserere mei, Deus:* «Ten piedad de mí, oh Dios». Canto de expiación en los momentos graves.

CAPÍTULO IX

Qué fue de Cunegunda, de Cándido, del Gran Inquisidor y de un judío

Este Isacar era el hebreo más colérico que se hubiera podido ver en Israel desde la cautividad de Babilonia[33].

—Pero ¿qué es esto, perra galilea?[34] —gritó—, ¿no te basta con el señor inquisidor? ¿También es necesario que este canalla te comparta conmigo?

Y, mientras decía eso, saca un largo puñal del que siempre iba provisto y, suponiendo que su parte enemiga no llevaba armas, se arroja sobre Cándido; pero nuestro buen wesfaliano había recibido de la vieja, con el traje completo, una hermosa espada. Así que, aunque siempre tuvo hábitos muy dulces, saca su espada y deja tieso sobre el suelo al israelita, a los pies de la bella Cunegunda.

—¡Virgen Santa! —gritó ella—, ¿qué va a ser de nosotros? ¡Un hombre, matado en mi casa! Si llega la justicia, estamos perdidos.

—Si Pangloss no hubiera sido colgado —dijo Cándido—, él podría darnos un buen consejo en esta situación límite, porque era un gran filósofo. A falta de él, consultemos a la vieja.

La vieja era muy prudente, y estaba empezando a dar su opinión cuando se abrió otra pequeña puerta. Pasaba una hora de la medianoche y era ya domingo. Ese día le correspondía al señor inquisidor. Entra él, en efecto, y se encuentra al azotado Cándido, con la espada en la mano y un muerto por tierra, Cunegunda, fuera de sí por el miedo y la vieja dando sus consejos.

---

[33] El pueblo judío fue llevado cautivo a Babilonia tras la toma de Jerusalén por Nabucodonosor, en el año 721 antes de Cristo.

[34] Perra galilea: expresión despectiva dirigida contra los cristianos, llamados así, galileos, porque Cristo fue conocido como El Galileo por haber vivido en Galilea, aunque había nacido en Judea, en Belén.

Y he aquí lo que, en ese momento, pasó por la cabeza de Cándido y cómo lo razonó:

—Si este santo varón pide ayuda, seguro que me hace quemar, y lo mismo podrá hacer con Cunegunda; ya me ha hecho azotar sin piedad; es mi rival; estoy a punto de matar: imposible dudar.

El razonamiento fue claro y rápido; sin dar tiempo al inquisidor a salir de su sorpresa, lo atraviesa de parte a parte y lo deja tendido al lado del judío.

—¡Esto sí que es nuevo —dice Cunegunda—; ya no hay perdón posible; estamos excomulgados; ha llegado nuestra última hora! ¿Cómo habéis podido hacer, vos que habéis nacido con un carácter tan dulce, para matar, en dos minutos, a un judío y a un prelado?

—Mi bella señorita —respondió Cándido—, cuando se está enamorado, celoso y azotado por la Inquisición, pierde uno la noción de todo.

La vieja tomó, entonces, la palabra:

—Hay tres caballos andaluces en el establo, con sus sillas y sus arreos; que los apreste el valiente Cándido; la señora tiene moyadores[35] y diamantes; montemos rápidamente en los caballos, por más que yo no puedo tenerme más que sobre una nalga, y vayamos a Cádiz; tenemos el mejor tiempo del mundo y es una delicia viajar mientras dura el frescor de la noche.

Cándido ensilla de inmediato los tres caballos. Cunegunda, la vieja y él hacen treinta millas de una tacada[36]. Mientras ellos escapan, la Santa Hermandad[37] llega a la casa; al monseñor se lo entierra en una hermosa iglesia; a Isacar lo tiran al estercolero.

Cándido, Cunegunda y la vieja estaban ya en la pequeña villa de Avacena[38], en medio de Sierra Nevada. Se habían parado en un figón y hablaban así.

---

[35] Voltaire pretende que «mayador» es una moneda de oro portuguesa, cuando los «mayadores» eran recaudadores de impuestos.
[36] Unos cincuenta kilómetros.
[37] Nombre de una milicia policial española.
[38] Seguramente quiere decir Aracena, Huelva.

CAPÍTULO X

En qué estado miserable llegan a Cádiz Cándido, Cunegunda y la vieja, y su embarque

—¿Quién ha podido robarme mis pistolas[39] y mis diamantes? —decía, en llanto, Cunegunda—. ¿De qué viviremos? ¿Cómo vamos a hacer? ¿Dónde encontrar inquisidores y judíos que me den otros?

—¡Ay! —dice la vieja—, yo sospecho muy mucho de un reverendo padre franciscano que ayer pasó la noche en el mismo albergue que nosotros en Badajoz. ¡Dios me libre de hacer juicios temerarios! Pero entró dos veces en nuestro cuarto y se marchó mucho antes que nosotros.

—¡Ay! —dijo Cándido—, el buen Pangloss me hacía ver con frecuencia que los bienes de la tierra son propiedad común de todos los hombres, que cada uno tiene el mismo derecho sobre ellos. Este franciscano, de acuerdo con esos principios, debía habernos dejado algo para acabar nuestro viaje.

—Entonces, ¿no os queda nada de nada, mi hermosa Cunegunda?

—Ni un maravedí —dijo ella.

—¿Qué camino tomar? —dijo Cándido.

—Vendamos uno de los caballos —replicó la vieja—; yo iré a la grupa de la señorita, aunque no me pueda mantener más que sobre una nalga; llegaremos a Cádiz.

Estaba en la misma posada un prior benedictino que les compró muy barato el caballo.

Cándido, Cunegunda y la vieja pasaron por Lucena, Chillas, Lebrija y, por fin, llegaron a Cádiz. En Cádiz se estaba preparando una flota y se estaba reuniendo tropa para meter en razón a los reverendos

---

[39] De nuevo a vueltas con las monedas. Voltaire las revuelve todas sin pararse a ver a qué países pertenecen. En cuanto al recorrido que hacen los fugitivos, lo mismo le da hacerlos caminar en zig-zag de que norte a sur o de sur a norte, mezclando los nombres de las localidades aunque no caigan en la ruta natural de Lisboa a Cádiz.

padres jesuitas del Paraguay[40], acusados de haber provocado la revuelta de una de sus hordas contra los reyes de España y de Portugal, cerca de la ciudad del Santo Sacramento. Cándido, que había servido con los Búlgaros, hizo una exhibición de la instrucción búlgara ante el general de la pequeña armada, y lo hizo con tanta gracia, con tanta rapidez, destreza, bravura y agilidad, que se puso a su mando una compañía de infantería. Y ahí está, capitán; embarca junto con la señorita Cunegunda, la vieja, dos criados y los dos caballos andaluces que habían pertenecido al señor Gran Inquisidor de Portugal.

Durante toda la travesía reflexionaron mucho acerca de la filosofía del pobre Pangloss.

—Vamos hacia otro universo —decía Cándido—; sin duda es en él en donde todo está bien. Porque hay que reconocer que hay motivos para llorar un poco por lo que sucede en el nuestro, tanto en lo físico como en lo moral.

—Yo os quiero con todo mi corazón —decía Cunegunda—, pero aún tengo el alma completamente espantada por lo que he visto, por lo que he sufrido.

—Todo irá bien —replicaba Cándido—; ya el mar de este nuevo mundo se porta mejor que los mares de nuestra Europa: está más tranquilo, los vientos son más sostenidos. Seguro que el nuevo mundo es el mejor de los universos posibles.

—¡Dios lo quiera! —decía Cunegunda—; pero he sido tan terriblemente desgraciada en el mío que mi corazón está casi cerrado a la esperanza.

—Os quejáis —le dijo la vieja—; ¡ay!, y eso que no habéis sufrido infortunios parecidos a los míos.

Cunegunda casi se echa a reír, y encontró muy divertida a aquella buena mujer con sus pretensiones de haber sido más desgraciada que ella.

—¡Ay, mi criadita —dijo—, si no habéis sido violada por dos búlgaros, si no habéis recibido dos cuchilladas en el vientre, si no os han arrasado dos de vuestros castillos, si no han degollado delante de vuestros ojos a dos madres y a dos padres, y si no habéis visto a dos

---

[40]   A principios del siglo XVII —1604— los jesuitas del Paraguay crearon, contra la actitud general esclavista de las autoridades españolas, las «misiones», verdaderas comunidades republicanas cuya economía descansaba sobre la agricultura y la artesanía.

de vuestros amantes azotados en un *autodafé,* no veo cómo es posible que vayáis por delante de mí en sufrimientos. Añadid a eso que yo he nacido baronesa con setenta y dos cuarteles y que he sido cocinera.

—Señorita —respondió la vieja—, vos no sabéis cuál es mi origen, y si os mostrara mi parte de atrás, no hablaríais de la manera que lo hacéis y, seguramente, dejaríais en suspenso vuestro juicio.

Este discurso hizo nacer una gran curiosidad tanto en Cunegunda como en Cándido. La vieja les habló en estos términos.

CAPÍTULO XI

Historia de la vieja

—No siempre he tenido yo los ojos pitarrosos y bordeados de escarlata; mi nariz no siempre ha tocado mi quijada; no siempre he sido criada. Soy la hija del papa Urbano X[41] y de la princesa de Palestrina. Hasta los catorce años me educaron en un palacio al que todos los castillos de vuestros barones alemanes... ni de cuadra hubieran servido; uno de mis vestidos valía más que todas las magnificencias de Wesfalia. Iba creciendo en belleza, en gracia, en inteligencia, todo ello en medio de placeres, de sumisiones y de esperanzas. Ya despertaba amor; mi pecho se torneaba, ¡y qué pecho! Blanco, firme, torneado como el de la Venus de Médicis. ¡Y qué ojos! ¡Qué párpados! ¡Qué pestañas negras! ¡Qué llamas titilaban en las dos niñas de mis ojos, hasta eclipsar el parpadeo de las estrellas, tal como me cantaban los poetas locales! Las mujeres que me vestían y me desnudaban caían en éxtasis al verme por delante y por detrás; y todos los hombres hubieran querido estar en lugar de ellas.

Fui prometida a un príncipe soberano de Massa Carrara[42]. ¡Qué príncipe! Tan hermoso como yo misma, pleno de dulzura y de gracia, brillante en su ingenio y ardiente en el amor. Lo amaba como se ama la primera vez, con idolatría, con ansia. Se prepararon los esponsales. Era un despliegue y una magnificencia inauditos; había fiestas, carruseles, óperas bufas, todo sin parar; y toda Italia compuso sonetos para mí, ni uno de los cuales era mínimamente pasable. Estaba tocando el

---

[41] Voltaire había escrito, en el original, «hija del papa Clemente XII», pontífice que reinó en la Iglesia desde 1730 a 1740, es decir; unos años antes de que se escribiera *Cándido*. Después, puso el nombre de Urbano X papa que no ha existido. La serie de los papas llamados Urbano se quedó en el VIII (1623-1644) y ningún pontífice electo optó por ese nombre en los tres siglos y medio últimos. El cambio de nombre del padre de la vieja fue considerado por los entusiastas de Voltaire como una señal de su gran delicadeza. Tal vez lo sea también de su prudencia.

[42] Al noroeste de la Toscana. Creado en el siglo XVI, es anexado al Piamonte en 1860.

punto supremo de mi felicidad, cuando una vieja marquesa que había sido amante de mi príncipe lo invitó a tomar chocolate en su casa. Murió en menos de dos horas entre temblores espantosos. Pero eso no es más que una bagatela. Mi madre, en su desesperación, aunque mucho menos afligida que yo, quiso alejarse por algún tiempo de una morada tan funesta. Tenía una preciosa hacienda cerca de Gaeta[43]. Subimos a una galera de la región, dorada como el altar de San Pedro de Roma. Y he aquí que un corsario de Salé[44] cae sobre nosotros y nos aborda; nuestros soldados se defendieron como soldados del papa que eran: arrojaron las armas y cayeron todos de rodillas, al tiempo que pedían al corsario una absolución *in articulo mortis*[45].

Inmediatamente los dejaron desnudos como monos; también a mi madre y a nuestras camareras, y a mí, por supuesto. Es admirable con qué rapidez estos señores saben desnudar a todo el mundo. Pero lo que más me sorprendió es que nos metieran a todos el dedo en un lugar en el que nosotras, las mujeres, no nos dejamos meter, habitualmente, más que lavativas. Me pareció muy extraña semejante ceremonia: he ahí cómo se juzga todo cuando no se ha salido de su país. Enseguida me di cuenta de que la operación se hacía para comprobar si habíamos escondido ahí diamantes: es una práctica establecida desde tiempos inmemoriales entre las naciones civilizadas que surcan los mares. He sabido que los señores religiosos caballeros de la orden de Malta nunca dejan de hacerlo cuando hacen prisioneros a turcos y turcas; es una ley del derecho de gentes que nunca ha sido derogada.

No tengo que deciros lo duro que le resulta a una joven princesa ser llevada como esclava, con su madre, a Marruecos. Os imagináis muy bien todo lo que tuvimos que sufrir a bordo de la nave corsaria. Por entonces, mi madre era muy hermosa; nuestras camareras, nuestras simples doncellas, tenían más encantos que los que se puedan encontrar en toda el África. Para mí, yo estaba arrebatadora, yo era la hermosura, la gracia misma y, además, era virgen. No lo fui por mucho tiempo: aquella flor, que había sido preservada para el hermoso príncipe de Massa Carrara, me fue arrebatada por el capitán corsario;

---

[43] Gaeta, ciudad italiana situada en el Lacio, al sur de Roma en la costa tirrena.

[44] Salé, ciudad marroquí, frente a Rabal, a orillas del Atlántico.

[45] Era la indulgencia plenaria, la suprema absolución en el momento de la muerte *(in articulo mortis)*.

era un negro abominable que, para colmo, presumía de que me estaba haciendo un gran honor. Desde luego, era necesario que la señora princesa de Palestrina y yo fuéramos muy fuertes para poder resistir todo lo que sufrimos hasta nuestra llegada a Marruecos. Pero, sigamos; son cosas tan corrientes que no vale la pena hablar de ellas.

Marruecos nadaba en sangre cuando llegamos. Cincuenta hijos del emperador Muley-Ismael tenían, cada uno, su partido[46], lo cual se traducía en cincuenta guerras civiles, de negros contra negros, de negros contra mestizos, de mestizos contra mestizos, de mulatos contra mulatos; una carnicería continua en toda la extensión del imperio.

En cuanto nos desembarcaron, aparecieron por allí negros de una facción adversaria de la de mi corsario para arrebatarles su botín. Nosotras éramos, en efecto, después de los diamantes y el oro, lo que había de más precioso. Y fui testigo de un combate que nunca veréis vos nada semejante en vuestros pagos de Europa. Los pueblos septentrionales no tienen la sangre muy ardiente. No tienen el hambre de mujeres al nivel de lo que es la medida en África. Parece como si vuestros europeos tuvieran leche en las venas; vitriolo, fuego es lo que corre por las de los habitantes del monte Atlas y de los países vecinos. Se luchó con el furor de los leones, de los tigres y de las serpientes de aquella zona para acabar sabiendo a quién íbamos a pertenecer. Un moro cogió a mi madre por el brazo derecho, el teniente de mi capitán la retuvo agarrándole el brazo izquierdo; un soldado moro la agarró por una pierna, uno de nuestros piratas la tenía firmemente asida por la otra. Nuestras camareras, en un instante, se vieron casi todas ellas tironeadas así por cuatro soldados a la vez. Mi capitán me tenía escondida detrás de él. Llevaba empuñada la cimitarra y acababa con todo el que se oponía a su furia. Al final pude ver a todas nuestras italianas y también a mi madre descuartizadas, cortadas en trozos, masacradas por los monstruos que se las disputaban. Mis compañeros cautivos, los que los habían capturado, soldados, marineros, negros, morenos, blancos, mulatos y, en fin, también mi capitán, todo fue muerte y yo quedé agonizante sobre una pila de muertos. Escenas semejantes están dándose, como es conocido, en una extensión de más de trescientas

---

[46]   Es curiosa la saña con que Voltaire habla del sultán Muley Ismael de Marruecos (1647-1727). Ya lo hace, también, en su *Ensayo acerca de las costumbres*.

leguas, sin por eso dejar de hacer las cinco plegarias del día ordenadas por Mahoma.

Con enorme fatiga conseguí desprenderme de tanta cantidad de cadáveres aún sangrando y en montón y me arrastré hasta debajo de un gran naranjo a la orilla de un arroyuelo próximo; allí caía víctima del espanto, el cansancio, el horror, la desesperación y el hambre. Enseguida, mis sentidos, aplanados, se entregaron a un sueño que tenía más de desvanecimiento que de descanso. Me encontraba en ese estado de debilidad y de insensibilidad, entre la muerte y la vida, cuando me sentí presionada por algo que se agitaba sobre mi cuerpo; abrí los ojos y vi a un hombre blanco y de buen aspecto que suspiraba, y que murmuraba entre dientes: *O che sciagura d'essere senza c...!*[47].

---

[47] En este punto, las versiones son tantas como editores tiene el libro de Voltaire. En la edición francesa de 1759 aparecía la palabra completa *(coglioni);* no así en la revisada en 1761 y tampoco en la de las *Obras Completas* de 1775, en vida y con la supervisión del autor, donde la expresión italiana aparece con la sola inicial de la última palabra, como era habitual en estos casos. Pero, sobre mi mesa hay una edición que escribe entera la palabra *coglioni* y no traduce la frase, otra que se abstiene y lo hace como nosotros, etc. Tal vez la traducción más curiosa sea la de Leandro Fernández de Moratín, publicada en 1838, y en la que la frase se completa hasta darnos lo siguiente: *O che sciagura d'essere senza quello che piu bissogna in questa occasione!* Claro que lo que hace Moratín, ademas de traducir, es redondear las expresiones de Voltaire como si fueran suyas.

CAPÍTULO XII

Seguimiento de las desventuras de la vieja

Asombrada y encantada de escuchar la lengua de mi patria, y no menos sorprendida por las palabras que profería aquel hombre, le respondí que había mayores desgracias que aquella de la que él se lamentaba. En pocas palabras lo puse al corriente de los horrores que había sufrido, y volví a perder las fuerzas.

Él me llevó a una casa vecina, hizo que me acostaran en una cama y me dieran de comer, me sirvió, me consoló, me animó, me dijo que nunca había visto nada tan hermoso como yo, y que nunca había lamentado tanto la pérdida de lo que nadie podía devolverle:

—Nací en Nápoles —me dijo—. Cada año castran allí de dos a tres mil niños; unos mueren, otros adquieren una voz más bella que la de las mujeres, otros irán a gobernar Estados[48]. Me hicieron esa operación con gran éxito, y fui músico en la capilla de la señora princesa de Palestrina.

—¡De mi madre! —grité.

—¡De vuestra madre! —gritó, en medio del llanto—. ¡A ver! ¿Vos seréis, entonces, la joven princesa que yo mismo eduqué hasta los seis años y que ya por aquellas fechas prometía ser tan hermosa como sois vos?

—Soy yo misma. Mi madre se encuentra a cuatrocientos pasos de aquí, hecha pedazos y sobre una pila de muertos.

Le conté cuanto me había ocurrido; también él me contó sus aventuras y me dijo cómo fue enviado al rey de Marruecos por una potencia cristiana para llegar a un acuerdo con este monarca, en virtud del

---

[48] *Ver el capítulo XXV*. La alusión de Voltaire a los gobernantes no es gratuita, aunque no sabemos a quién pretende herir. Castrado influyente en España, favorito de Fernando VI a finales del siglo XVIII (murió en 1782) fue Cario Broschi Farinelli, de origen italiano. Voltaire pudo tenerlo presente.

cual se le proporcionaría pólvora, cañones y bajeles, para ayudarle a acabar con el comercio de los demás países cristianos.

—He cumplido mi misión —dijo aquel honrado eunuco—; me voy a Ceuta a embarcar y os devolveré a Italia. *Ma che sciagura d'essere senza c...!*

Le di las gracias con lágrimas enternecidas; en vez de llevarme a Italia, me condujo a Argel, y me vendió al dey[49] de aquella provincia. Nada más ser vendida, la peste esa que ha dado la vuelta a África, a Asia y a Europa[50], se declaró en Argel con virulencia. Vos ya habéis presenciado los terremotos, pero, señorita, ¿habéis tenido alguna vez la peste?

—Nunca —respondió la baronesa.

—Si la hubiérais tenido —continuó la vieja—, no tendríais más remedio que confesar que está muy por encima de un terremoto. Es muy frecuente en África. Y me atacó. Imagináos qué situación para la hija de un papa, que tiene sólo quince años y que, en tres meses, había sufrido la pobreza, la esclavitud, había sido violada casi todos los días, había visto trocear a su madre, había probado el hambre y la guerra, y a punto estaba de morir apestada en Argel. Sin embargo, no morí a causa de la peste. En cambio, cayeron mi eunuco, el dey y casi todo el serrallo de Argel.

Cuando pasaron las primeras oleadas de aquella peste horrible, se procedió a la venta de los esclavos del dey. Un mercader me compró a mí y me condujo a Túnez; a su vez, me vendió a otro mercader, que me revendió en Trípoli; de Trípoli fui, revendida, a Alejandría, de Alejandría, a Esmirna, de Esmirna, a Constantinopla. Al final, acabé siendo propiedad de un agá[51], jefe de jenízaros[52], que fue enviado, enseguida, a defender Azov de los rusos que la sitiaban.

---

[49] Título del virrey o príncipe musulmán que gobernaba Argelia en nombre y dependencia del sultán turco.

[50] Se trata de la que hizo estragos en 1720-1721, una de las más virulentas de los últimos siglos.

[51] Oficial de la corte del sultán de Turquía.

[52] Los jenízaros fueron una temible fuerza de infantería regular turca, creada en el siglo XIV y que pervivió hasta bien entrado el siglo XIX.

El agá, que era un muy galante caballero, llevó consigo todo su serrallo, y nos alojó en un pequeño fuerte en los Palus-Meótides[53], vigilado por dos eunucos negros y por veinte soldados. Mataron rusos de manera prodigiosa, aunque también éstos se desquitaron a gusto. Azov fue asaltada a sangre y fuego, y no perdonaron ni en razón de sexo ni de edad; no quedó más que nuestro pequeño fuerte, y los enemigos quisieron rendirnos por hambre. Los veinte jenízaros habían jurado no rendirse jamás. La extrema situación de hambre a que se vieron reducidos los obligó a comerse a nuestros dos eunucos, no fueran a faltar a su juramento. Al cabo de unos días decidieron comer a las mujeres.

Teníamos un imán[54] muy piadoso y compasivo, que les soltó un sermón con el que los convenció de que no nos mataran del todo.

—No cortéis más que un cuarto trasero a cada una de las damas —les dijo—, y tendréis una buena provisión. Si hay que repetirlo, en unos días podéis hacer lo mismo con la otra nalga; el cielo os será agradecido por una acción tan caritativa y, sin duda, llegarán los socorros.

Era, realmente, de una gran elocuencia; así que los convenció.

Nos hicieron aquella horrorosa operación. El imán nos aplicó el mismo bálsamo que se pone a los niños cuando se los acaba de circuncidar. Estábamos todas a punto de muerte. Apenas los jenízaros habían acabado de hacer la comida que nosotras les habíamos suministrado cuando llegaron los rusos en balsas y no quedó vivo ni un jenízaro. Tampoco los rusos tuvieron contemplaciones con el estado en que nos encontrábamos. Hay médicos franceses por todas partes; uno de ellos, que era ciertamente muy diestro en su oficio, se cuidó de nosotras; fue él quien nos curó; recordaré toda mi vida que, cuando mis llagas quedaron bien cicatrizadas, me hizo proposiciones. Por lo demás, hizo lo que pudo por consolarnos a todas y nos aseguró que en muchos asedios había pasado algo por el estilo y que esa era la ley de la guerra.

Cuando mis compañeras pudieron caminar, las hicieron ir a Moscú. Yo le toqué en suerte a un boyardo que me hizo su jardinera y que me daba todos los días veinte latigazos. Pero, a los dos años, habiendo

---

[53] Antiguo nombre del mar de Azov, en el sur del Asia Occidental, territorio tradicionalmente ruso aunque sometido a todo tipo de invasiones del Este o del Sur. Voltaire conocía bien esta zona y su historia, porque había trabajado en un encargo de Catalina de Rusia, *Historia del Imperio de Rusia bajo Pedro el Grande*.

[54] El imán es el jefe religioso de los musulmanes.

sido enrodado aquel señor, junto con una treintena más de boyardos, por no sé qué jaleo cortesano, aproveché la situación y me escapé; atravesé toda Rusia; durante mucho tiempo estuve de criada de figón en Riga, luego en Rostock, en Vismar, en Leipzick *(sic),* en Cassel, en Utrecht, en Leyden, en La Haya, en Rotterdam; me he hecho vieja en la miseria y en el oprobio, sin tener más que la mitad del trasero, recordando siempre que era hija de un papa; intenté matarme cien veces, pero todavía amaba la vida.

Esta ridícula debilidad es, seguramente, una de nuestras inclinaciones más funestas, ya que, ¿hay algo más idiota que querer llevar por siempre un fardo que siempre se quiere echar por tierra? ¿Sentir horror de su existencia y aferrarse a ella? En fin, ¿acariciar la serpiente que nos devora, hasta que nos ha comido el corazón?

He visto, en los países que la fortuna me ha hecho recorrer, y en los figones en los que he servido, un número increíble de personas que aborrecían su existencia, pero no he visto más de una docena que hayan puesto, voluntariamente, fin a su miseria: tres negros, cuatro ingleses, cuatro genoveses y un profesor alemán llamado Robeck[55]. Acabé de criada en casa del judío don Isacar; él me puso a vuestra vera, mi bella señorita, me he atado a vuestro destino y me he ocupado más de vuestras aventuras que de las mías. Ni siquiera os hubiera hablado nunca de mis desgracias si vos no me hubiérais provocado un poco y si no fuera algo típico, en un barco, contar historias para vencer el aburrimiento.

En fin, señorita, tengo experiencia, conozco el mundo; daos a vos misma un placer, animad a cada pasajero a que os cuente su historia y si se encuentra uno solo que no haya maldecido su vida con frecuencia, que no se haya dicho frecuentemente a sí mismo que es el más desgraciado de los hombres, echadme al mar con la cabeza por delante.

---

[55] Jean Robeck (1672-1735), nació en Colma; defendió el suicidio, y se ahogó voluntariamente.

CAPÍTULO XIII

De qué manera se obligó a Cándido a separarse de la bella Cunegunda y de la vieja

La bella Cunegunda, después de escuchar la historia de la vieja, le rindió toda clase de pleitesías debidas a una persona de su rango y mérito. Aceptó la propuesta: comprometió a todos los pasajeros a que le contaran, uno detrás del otro, sus aventuras. Los dos, Cándido y ella, tuvieron que reconocer que la vieja tenía razón:

—Lástima —decía Cándido—, que el sabio Pangloss haya sido ahorcado, contra toda costumbre en un *autodafé;* seguro que nos diría cosas admirables sobre el mal físico y sobre el mal moral que cubren la tierra y el mar, y yo me sentiría en forma para hacerle, respetuosamente, algunas objeciones.

Al tiempo que cada uno contaba su historia, el barco avanzaba.

Se tocó tierra en Buenos Aires. Cunegunda, el capitán Cándido y la vieja fueron a casa del gobernador don Fernando de Ibaraa[56] y Figueroa, y Mascareñas, y Lampourdos, y Souza. Este señor tenía un orgullo muy conveniente a un hombre que lleva tantos apellidos. Hablaba a los hombres con el más noble desdén, la nariz en ristre, la progresión de la voz tan despiadada, adoptando un tono tan imponente, afectando una postura tan altiva que cuantos lo saludaban sentían la necesidad de abofetearlo.

Le gustaban las mujeres a rabiar. Cunegunda se le antojó; que no había visto nada más hermoso en su vida. Lo primero que hizo fue preguntar si era la esposa del capitán. El tono con que hizo esta pregunta alarmó a Cándido; no se atrevió a decir que era su mujer, porque, en efecto, no lo era; tampoco se atrevía a decir que era su hermana porque es evidente que tampoco lo era; y, aunque esta mentira oficiosa había

---

[56] En el conjunto caricaturesco del nombre, lo más probable es que el primer apellido sea Ibarra y no Ibaraa, como dice Voltaire.

estado muy de moda mucho tiempo atrás entre los antiguos[57] y podía ser de provecho a los modernos, su alma era demasiado limpia para traicionar la verdad.

—La señorita Cunegunda —dijo Cándido—, debe hacerme el honor de casarse conmigo, y suplicamos a Vuestra Excelencia que se digne oficiar nuestra boda.

Don Fernando de Ibaraa, y Figueroa, y Mascareñas, y Lampourdos, y Souza sonrió amargamente atusándose el bigote y ordenó al capitán Cándido que se fuera a pasar revista a su compañía. Cándido obedeció; el gobernador se quedó con la señorita Cunegunda. Él le declaró su pasión, le prometió que al día siguiente la convertiría en su esposa por la Iglesia o, al contrario, por el método que quisieran sus encantos. Cunegunda le pidió un cuarto de hora para retirarse y pedir consejo a la vieja y, en fin, para tomar una decisión.

La vieja le dijo a Cunegunda:

—Señorita, podéis presumir de setenta y dos cuarteles pero no tenéis un ochavo; estáis en condiciones de ser la mujer del más grande señor de la América meridional, que tiene un hermoso mostacho. ¿Es que tratáis de hacer gala de una fidelidad a toda prueba? Habéis sido violada por los búlgaros; un judío y un inquisidor han disfrutado de vuestras finezas: las desgracias conceden derechos. Os confieso que, si yo estuviera en vuestro lugar, no tendría el menor escrúpulo en casarme con el señor gobernador y hacer así, al tiempo, la fortuna del señor capitán Cándido.

Mientras la vieja se expresaba con toda la prudencia que dan la edad y la experiencia, se vio cómo entraba en el puerto un barco pequeño; traía a bordo un alcaide y unos alguaciles; y he aquí lo que sucedió.

La vieja había acertado y había sido, en efecto, un franciscano de la manga ancha[58] quien había robado el dinero y las joyas de Cu-

---

[57] Alude al episodio de Abraham y Sarah, en Génesis, XII. Camino de Egipto por culpa del hambre que asolaba el Negueb, Abraham le dijo a Sarah que dijera que era su hermana y no su esposa, por miedo a que los egipcios, viendo y codiciando la belleza de Sarah, acabaran por deshacerse de él matándolo.

[58] La alusión a la manga ancha no tiene ningún sentido de valoración moral de la conducta del fraile sino que se refiere a la discusión feroz que enfrentó a unos franciscanos con otros por la forma de las mangas y del capuchón. Los más estrictos, los «capuchinos», nacen en 1525, en Roma, de la fractura. Los otros son los de la manga ancha... aunque en Voltaire, en este libro, no tiene ningún sentido metafórico.

negunda en la ciudad de Badajoz, cuando huía, a toda velocidad, con Cándido. El fraile quiso vender algunas de las piedras a un joyero. El comprador se dio cuenta de que eran parte de las del Gran Inquisidor. El franciscano, antes de ser ahorcado, confesó que las había robado y dio los detalles de las personas y de la ruta que habían tomado[59]. La huida de Cunegunda y de Cándido ya era conocida. Los siguieron hasta Cádiz; sin pérdida de tiempo, mandaron un navío en su persecución. Allí estaba ya el barco, en el puerto de Buenos Aires. Se corrió el rumor de que iba a desembarcar un alcaide, y de que se perseguía a los asesinos de monseñor el Gran Inquisidor. La prudente vieja vio de inmediato lo que había que hacer:

—Vos no podéis huir —le dijo a Cunegunda—, y no tenéis nada que temer: vos no habéis matado al monseñor, y, además, el gobernador, que os ama, no consentirá que se os maltrate. Quedaos.

Corre a buscar a Cándido:

—Huid —le dice—, o en menos de una hora os habrán quemado.

No había que perder ni un momento, pero, ¿cómo separarse de Cunegunda y dónde refugiarse?

---

[59] Difícil dar la ruta, ya que salió de la posada antes que ellos. Contradicciones de este tipo abundan en Voltaire. Aunque, puede argumentarse que conocía la ruta por haber hablado con ellos. Concedamos esa posibilidad.

CAPÍTULO XIV

Cómo Cándido y Cacambó[60] fueron recibidos entre los jesuitas de Paraguay

Cándido se había llevado de Cádiz un criado como los que frecuentemente se encuentran en las costas españolas y en las colonias. Era un cuarto de español, nacido de un mestizo en Tucumán; había sido monaguillo, sacristán, marinero, monje, factor[61], soldado, lacayo. Se llamaba Cacambó, y quería mucho a su amo, porque su amo era un hombre buenísimo. Ensilló lo más rápido que pudo los dos caballos andaluces.

—Vamos, mi amo, sigamos el consejo de la vieja; larguémonos, y corramos sin volver la cabeza.

Cándido derramó algunas lágrimas.

—¡Oh, mi querida Cunegunda! He de abandonaros, precisamente ahora, cuando el señor gobernador va a casarnos. Cunegunda, traída de tan lejos, ¿qué será de vos?

—Será lo que ella pueda —dijo Cacambó—; las mujeres nunca se aturullan por su cuenta. Dios proveerá; corramos.

—¿A dónde me llevas? ¿A dónde iremos? ¿Qué haremos sin Cunegunda? —preguntaba Cándido.

—¡Por Santiago de Compostela! —exclamó Cacambó—; íbais a hacer la guerra a los jesuitas; vayamos a hacerla en su bando; conozco muy bien los caminos, os conduciré hasta su reino; estarán encantados de tener un capitán que hace la instrucción a la búlgara; ya veréis cómo hacéis una prodigiosa fortuna; cuando no se tiene lo que se me-

---

[60] Contra el parecer de otros traductores, nosotros preferimos acentuar Cacambó, primero porque nos parece que, agudo, responde mejor al tono bufo de toda la obra, pero, sobre todo, porque en francés lleva acento fónico, aunque no gráfico. La transcripción al español debe llevar, por tanto, acento.

[61] Factor: delegado de alguien para hacer negocios en nombre de ese alguien.

rece en un mundo, se lo encuentra en el otro. Es un placer grandísimo ver y hacer cosas nuevas.

—¿Así que tú ya has estado en Paraguay? —dijo Cándido.

—Desde luego —dijo Cacambó—; fui marmitón en el colegio de la Asunción, y conozco el gobierno de Los Padres[62] como conozco las calles de Cádiz. Ese gobierno es algo admirable. El reino tiene ya más de trescientas leguas de diámetro; está dividido en treinta provincias. Los Padres lo tienen todo, y los pueblos nada; es la obra maestra de la razón y la justicia. En cuanto a mí, no veo nada tan divino como Los Padres, que aquí hacen la guerra al rey de España y al rey de Portugal, y en Europa confiesan a esos reyes; que aquí matan españoles, y en Madrid los mandan al cielo; esto me chifla; vamos: vais a ser el más feliz de todos los hombres. ¡Qué placer experimentarán Los Padres cuando sepan que les llega un capitán que sabe tan bien la instrucción búlgara!

Cuando llegaron al primer control, Cacambó dijo al centinela que un capitán quería hablar con el señor comandante. Fueron a avisar a la guardia. Un oficial paraguayo corrió a los pies del comandante para darle cuenta de la novedad. Cándido y Cacambó, de entrada, fueron desarmados; les quitaron también sus dos caballos andaluces. Los dos extranjeros son introducidos entre dos filas de soldados: el comandante estaba al final, con el gorro de tres picos en la cabeza, la sotana arremangada, la espada a un lado y el espontón[63] en la mano. Hace una señal e, inmediatamente, veinticinco soldados rodean a los dos recién llegados. El sargento les dice que hay que esperar, que el comandante no puede atenderlos, que el reverendo padre provincial no permite que ningún español abra la boca más que en su presencia ni que permanezca más de tres horas en el país.

—¿Y dónde está el reverendo padre provincial? —dice Cacambó.

—Se ha ido al desfile tras haber dicho la misa —contestó el sargento—; y no podréis besar sus espuelas hasta dentro de tres horas.

---

[62] Los llama siempre «Los Padres». En cuanto a lo del reino, corrió el bulo de que los jesuitas habían nombrado a uno de ellos rey con el nombre de Nicolás. El mismo Voltaire se encarga de desmentirlo, en carta a la señora de Lutzelbourg, si bien acaba diciendo que, en todo caso, «los jesuitas son otros tantos reyes en Paraguay».

[63] Especie de lanza con el asa, a veces, en forma de corazón.

—Pero —dijo Cacambó—, el señor capitán, que, igual que yo, se muere de hambre, no es español, es alemán; ¿no podríamos almorzar mientras llega Su Reverencia?

El sargento fue a dar inmediatamente cuenta de todo ello al comandante:

—¡Bendito sea Dios! —dijo el caballero—. Si es alemán, puedo hablarle yo mismo; que lo traigan a mi cabaña.

Al punto condujeron a Cándido a un cenador adornado con una hermosísima columnata de mármol verde y oro, y enrejados que enjaulaban loros, colibríes, pájaros-mosca, pintadas, y los pájaros más raros. En vajilla de oro había preparado un excelente almuerzo, y mientras los paraguayos comían maíz en escudillas de madera, en pleno campo bajo el ardor del sol, el reverendo padre comandante entró en la enramada. Era un joven hermoso, de rostro regordete, bastante blanco, de color subido, cejas elevadas, mirada viva, orejas rojas, labios bermejos, aire orgulloso, pero de un orgullo que no era ni el de un español ni el de un jesuita. Les fueron devueltas a Cándido y a Cacambó sus armas, que les habían quitado, así como los dos caballos andaluces; Cacambó les dio de comer avena cerca de la enramada, con los ojos puestos sobre ellos por temor a una sorpresa.

Cándido besó primero la orla de la sotana del comandante; luego se sentaron a la mesa:

—¿Sois, pues, alemán? —le preguntó el jesuita en esa lengua.

—Sí, mi Reverendo Padre —dijo Cándido. Y uno y otro se miraban al pronunciar estas palabras con una sorpresa extrema y una emoción que no dominaban.

—¿Y de qué región de Alemania sois? —dijo el jesuita.

—De la sucia provincia de Wesfalia —dijo Cándido—; yo nací en el castillo de Thunder-ten-tronckh.

—¡Oh, cielos! ¿Es posible? —exclamó el comandante.

—¡Qué milagro! —exclamó Cándido.

—¿Seréis vos? —dijo el comandante.

—¡No es posible! —dijo Cándido.

Y ambos quedan estupefactos, se abrazan, derraman torrentes de lágrimas.

—¡Cómo! ¿Seréis vos, mi Reverendo Padre? ¿Vos, el hermano de la hermosa Cunegunda, vos que fuisteis muerto por los búlgaros; vos, el hijo del señor barón; vos, jesuita en el Paraguay? Hay que confesar que este mundo es algo extraño. ¡Oh, Pangloss, Pangloss, qué contento estaríais si no os hubieran ahorcado!

El comandante ordenó retirarse a los esclavos negros y paraguayos que servían de beber en cubiletes de cristal de roca. Daba gracias a Dios y a san Ignacio mil veces; estrechaba a Cándido entre sus brazos; sus rostros estaban bañados en lágrimas.

—Mucho más asombrado, más enternecido, más fuera de vos estaríais —dijo Cándido—, si os dijera que la señorita Cunegunda, vuestra hermana, a la que creéis despanzurrada, está llena de salud.

—¿Dónde?

—Cerca de aquí, en casa del señor gobernador de Buenos Aires. ¡Y yo que venía para guerrear contra vos!

Cada palabra que pronunciaron en esta larga conversación acumulaba prodigio tras prodigio. Su alma entera se adelantaba a su lengua, estaba atenta en sus oídos y chispeante en sus ojos. Como eran alemanes, estuvieron a la mesa mucho tiempo esperando al reverendo padre provincial; y el comandante habló así a su querido Cándido.

CAPÍTULO XV

De cómo Cándido mató al hermano
de su querida Cunegunda

—Toda mi vida tendré presente en la memoria el día horrible en que vi matar a mi padre y a mi madre, y violar a mi hermana. Cuando los búlgaros tuvieron que retirarse, no encontraron a mi adorable hermana, y nos pusieron en una carreta a mi padre, a mi madre y a mí, junto con dos criadas y tres niñitos degollados, para llevarnos a una capilla de jesuitas, a dos leguas del castillo de mis padres. Un jesuita nos roció con agua bendita. Estaba horriblemente salada y algunas gotas entraron en mis ojos; el padre se dio cuenta de que mis párpados hacían un pequeño movimiento: puso la mano sobre mi corazón y lo sintió palpitar; fui socorrido, y al cabo de tres semanas ya estaba curado. Ya sabéis, mi querido Cándido, que yo era muy hermoso; aún me hice más; por esa razón, el reverendo padre Croust[64], superior de la casa, contrajo hacia mí una tierna amistad: me dio el hábito de novicio; algún tiempo después fui enviado a Roma. El padre general[65] necesitaba una promoción de jóvenes jesuitas alemanes. Los soberanos del Paraguay aceptan el menor número posible de jesuitas españoles; prefieren los extranjeros, de los que se creen más dueños. Fui considerado idóneo por el reverendo padre general para venir a trabajar a esta viña. Partimos un polaco, un tirolés y yo. Al llegar, fui honrado con el subdiaconado y con un tenientazgo; ahora ya soy coronel y sacerdote. Recibiremos con energía a las tropas del rey de España; os garantizo que serán excomulgadas y derrotadas. La Providencia os envía aquí para luchar con nosotros.

---

[64] Personaje real y, desde luego, jesuita. Con él tuvo Voltaire un enfrentamiento sonado durante su estancia en Colmar, en 1754.

[65] Superior general es el que manda en toda la congregación; en el caso de los jesuitas, se ha llamado siempre prepósito general.

Pero, ¿es cierto que mi querida hermana Cunegunda está cerca, en casa del gobernador de Buenos Aires?

Cándido ratificó, con juramento, que no había nada más verdadero.

De nuevo las lágrimas comenzaron a resbalar de sus ojos.

El barón no hacía más que abrazar a Cándido; le llamaba su hermano, su salvador.

—Ah —le dijo—, quizá, mi querido Cándido, podamos entrar juntos como vencedores en la ciudad y recuperar a mi hermana Cunegunda.

—Es cuanto deseo —dijo Cándido—; porque contaba con casarme con ella y todavía lo espero.

—¿Vos, insolente? —respondió el barón—. ¿Tendréis la desvergüenza de casaros con mi hermana que tiene setenta y dos cuarteles? Muy descarado os encuentro cuando osáis hablarme de un proyecto tan atrevido.

Cándido, petrificado al oír semejantes palabras, le respondió:

—Mi reverendo padre, nada significan todos los cuarteles del mundo; he arrancado a vuestra hermana de los brazos de un judío y de un inquisidor; me está muy agradecida y quiere casarse conmigo. Maese Pangloss siempre me dijo que los hombres son iguales y os aseguro que me casaré con ella.

—Eso lo veremos, tunante —dijo el jesuita barón de Thunder-ten-tronckh—, y, al mismo tiempo le soltó un fuerte golpe en el rostro con la parte plana de la espada. Cándido saca al instante la suya y la hunde hasta la empuñadura en el vientre del barón jesuita; pero, al sacarla toda humeante, se echó a llorar.

—¡Oh, Dios mío! —dijo—, he matado a mi antiguo amo, a mi amigo, mi cuñado; soy el mejor hombre del mundo y ya he matado a tres; y de los tres, dos eran curas.

Cacambó, que estaba de centinela a la entrada de la enramada, acudió.

—Sólo nos queda vender cara nuestra vida, le dijo a su amo; sin duda entrarán en la cabaña: hay que morir con las armas en la mano.

Cacambó, que había estado en muchas otras, no perdió la cabeza; despojó al barón de la ropa de jesuita que vestía, se la encajó a

Cándido en el cuerpo, le dio el bonete cuadrado del muerto y lo hizo montar a caballo. Todo esto ocurrió en un abrir y cerrar de ojos.

—Galopemos, amo, todo el mundo os tomará por un jesuita que va a dar órdenes; y habremos cruzado las fronteras antes de que puedan correr tras de nosotros.

Y, mientras decía eso, ya estaba lanzado y decía a voz en grito:

—¡Paso, paso al reverendo padre coronel!

CAPÍTULO XVI

Lo que les sucedió a los dos viajeros con dos muchachas, dos monos y los salvajes llamados Orejones[66]

Cándido y su criado pasaron las barreras antes de que, en el campamento nadie conociera la muerte del jesuita alemán. El previsor Cacambó había tenido la precaución de llenar su mochila de pan, chocolate, jamón y frutas, y de algunos cuartillos de vino. Entraron, a lomos de sus caballos andaluces, en una región desconocida, en la que no encontraron ningún camino. Finalmente, ante ellos se abrió una hermosa pradera surcada por riachuelos.

Nuestros dos viajeros dejaron pacer a sus monturas.

Cacambó propone a su amo comer y empieza dando ejemplo.

—¿Cómo quieres que coma jamón —decía Cándido—, si he matado al hijo del señor barón, y ahora me veo condenado a no ver nunca más en mi vida a la hermosa Cunegunda? ¿De qué me servirá alargar mis miserables días, si debo pasarlos lejos de ella lleno de remordimientos y desesperación? ¿Y qué dirá el *Journal de Trévoux*[67]?

Y mientras así hablaba, no dejaba de comer. El sol se ponía. Los dos extraviados oyeron algunos grititos que parecían lanzados por mujeres. No sabían si aquellos gritos eran de dolor o de alegría; pero se levantaron precipitadamente, con esa inquietud y alarma que cualquier cosa inspira en un país desconocido. Los clamores partían de dos muchachas completamente desnudas que corrían velozmente, allá al fondo de la pradera, mientras dos monos las perseguían dándoles mordiscos en las nalgas. Cándido sintió compasión. Había aprendido

---

[66] El Inca Garcilaso habla, en su *Historia General del Perú*, de los indios de orejas grandes y, sobre el mapa de Paraguay que ilustra la obra, escribe: «orejones».

[67] Se trata, en efecto, de una publicación fundada en 1701 por los jesuitas, en Trévoux (Ain), que, a partir de 1750, cuando Voltaire se une a los autores de la *Enciclopedia*, combate al filósofo de manera sistemática. El nombre oficial de la publicación era *Mémoires pour servir à l'histoire des sciences et des beaux-arts*.

a disparar con los búlgaros y era capaz de darle a una avellana en un matorral sin tocar las hojas. Coge su fusil español de repetición y mata a los dos monos.

—¡Dios sea alabado, mi querido Cacambó: he librado de un peligro a esas dos pobres criaturas; si he cometido un pecado matando a un inquisidor y a un jesuita, bien lo he reparado salvando la vida de dos muchachas. Quizá sean dos señoritas nobles y esta aventura nos suponga grandísimas ventajas en esta tierra.

Iba a proseguir, pero su lengua quedó paralizada al ver a las dos mujeres abrazar tiernamente a los dos monos, derramar lágrimas sobre sus cuerpos y llenar el aire con los gritos más dolorosos.

—No me esperaba tanta bondad de alma —le dijo por fin a Cacambó, el cual le replicó—:

—Vaya obra maestra que habéis hecho, amo. Habéis matado a los dos amantes de esas señoritas.

—¡Sus amantes! ¿Cómo es posible? Os estáis burlando de mí, Cacambó, ¿cómo queréis que os crea?

—Querido amo —continuó Cacambo—, vos no hacéis más que asombraros de todo. ¿Por qué os parece tan extraño que en algunas regiones haya monos que consiguen favores de las damas? Son un cuarto de hombres, de la misma manera que soy yo un cuarto de español.

—¡Ay! —prosiguió Cándido—; recuerdo haber oído decir al maestro Pangloss que, hace mucho tiempo, ocurrían sucesos semejantes y que tales cruces habían dado lugar a los egipanes, los faunos y los sátiros; que varios grandes personajes de la Antigüedad lo habían visto; pero todo eso me parecían fábulas.

—Ahora debéis quedar convencido de que es verdad —dijo Cacambó—, y ya veis que lo hacen las personas que no han recibido cierta educación; lo único que temo es que esas damas nos jueguen una mala pasada.

Estas sólidas reflexiones decidieron a Cándido a abandonar la pradera y a internarse en un bosque. Allí cenó con Cacambó, y ambos, tras haber maldecido al inquisidor de Portugal, al gobernador de Buenos Aires y al barón, se durmieron sobre el césped. Al despertarse, advirtieron que no podían moverse[68]; la razón era que, durante la

---

[68] Voltaire admiraba a Swift; no es extraño que esta escena nos recuerde aquella de *Los viajes de Gulliver*, cuando, durante el sueño los liliputienses lo atan.

noche, los Orejones, habitantes de la región, a quienes las damas los habían denunciado, los habían inmovilizado con cuerdas de corteza de árbol. Estaban rodeados por una cincuentena de Orejones desnudos del todo, armados con flechas, mazas y hachas de sílex; algunos de ellos estaban haciendo hervir una gran caldera; otros preparaban parrillas, y todos gritaban:

—¡Es un jesuita, es un jesuita! Nos vengaremos, y nos daremos una buena comilona; ¡comamos jesuita, comamos jesuita!

—Ya os había dicho, mi querido amo —exclamó tristemente Cacambó—, que aquellas dos mujeres nos jugarían una mala pasada.

Cándido, viendo la caldera y las parrillas, exclamó:

—Desde luego, nos van a asar o a cocer. ¡Ah!, ¿qué diría el maestro Pangloss si viese cómo está hecha la pura naturaleza? Todo está bien, de acuerdo, pero confieso que resulta muy cruel haber perdido a la señorita Cunegunda y ser puesto en una parrilla por unos Orejones.

Cacambó nunca perdía la cabeza.

—No desesperéis todavía —dijo al desolado Cándido—, entiendo algo la jerga de estos pueblos, y voy a hablarles.

—No dejéis de explicarles —dijo Cándido—, qué horrible falta de humanidad es cocer a hombres, y qué poco cristiano es.

—Señores —dijo Cacambó—, ¿pensáis comeros hoy un jesuita? Eso está muy bien; no hay nada más justo que tratar así a los enemigos. En efecto, el derecho natural nos enseña a matar a nuestro vecino, y se hace en toda la tierra. Si nosotros no hacemos uso del derecho a comerlos es porque tenemos suficiente para darnos buenas comilonas; pero vosotros no contáis con nuestros recursos; desde luego, es mejor comer a los enemigos que dejar abandonado a los cuervos y a las cornejas el fruto de la victoria. Pero, señores, seguro que no queréis comeros a vuestros amigos. Creéis que vais a asar a un jesuita, y es a vuestro defensor, es al enemigo de vuestros enemigos al que vais a asar. En cuanto a mí, yo he nacido en vuestro país; el señor que veis es mi amo y, lejos de ser jesuita, acaba de matar a un jesuita, lleva sus ropas: he ahí el motivo de vuestro error. Para comprobar lo que os digo, tomad su hábito, llevadlo a la primera barrera del reino de Los Padres: informaos de si mi amo no ha matado a un oficial jesuita. Necesitareis poco tiempo; siempre podréis comernos si veis que os he mentido. Pero si os he dicho la verdad, conocéis de sobra los principios del derecho público, las costumbres y las leyes como para indultarnos.

A los Orejones este discurso les pareció muy puesto en razón: enviaron a dos notables para que con presteza se informaran de la verdad; los dos diputados se portaron durante su comisión como personas de ingenio y volvieron enseguida trayendo buenas nuevas. Los Orejones liberaron a sus dos prisioneros, les hicieron toda clase de cortesías, les ofrecieron mujeres, les dieron refrescos, los guiaron a los confines de sus Estados, gritando con alegría: «¡No es jesuita, no es jesuita!».

Cándido no se cansaba de admirar la causa de su liberación.

—¡Qué pueblo! —decía—. ¡Qué hombres! ¡Qué costumbres! Si no hubiera tenido la dicha de atravesar de una buena estocada el cuerpo del hermano de la señorita Cunegunda, me habrían comido sin remisión. Pero, después de todo, la naturaleza pura es buena, porque estas gentes, en lugar de comerme, me han rendido mil pleitesías cuando han sabido que no era jesuita.

CAPÍTULO XVII

Llegada de Cándido y de su criado al país de El Dorado, y lo que allí vieron

Cuando llegaron a las fronteras de los Orejones, dijo Cacambó a Cándido:

—Ya veis que este hemisferio no es mejor que el otro; hacedme caso, volvamos a Europa cuanto antes.

—¿Cómo volver? —dijo Cándido—. ¿Y dónde ir? Si voy a mi país los búlgaros y los ábaros me desuellan de arriba abajo; si vuelvo a Portugal, me queman; si nos quedamos en este país, siempre corremos el riesgo de ser asados. Pero, ¿cómo decidirse a abandonar esta parte del mundo en la que vive la señorita Cunegunda?

—Demos la vuelta rumbo a Cayena[69] —dijo Cacambó—; allí encontraremos franceses, que van por todo el mundo; ellos podrán ayudarnos. Quizá Dios se apiade de nosotros.

No era fácil ir a Cayena; sabían, poco más o menos, cual era el rumbo que debían tomar; pero, por todas partes, las montañas, los ríos, los precipicios, los bandidos y los salvajes eran obstáculos terribles. Sus caballos murieron de fatiga; sus provisiones se acabaron; se alimentaron durante todo un mes de frutos silvestres y, finalmente, se encontraron a orillas de un pequeño río bordeado de cocoteros que sostuvieron su vida y sus esperanzas. Cacambó, que, igual que la vieja, siempre daba tan buenos consejos, le dijo a Cándido.

—No podemos más, hemos caminado bastante; veo una canoa vacía en el río; llenémosla de cocos, lancémonos a esa pequeña barca, dejémonos llevar por la corriente; un río siempre lleva a un lugar habitado. Si no encontramos cosas agradables, al menos hallaremos cosas nuevas.

—Adelante —dijo Cándido—, encomendémonos a la Providencia.

---

[69] Isla, río y ciudad, a sus orillas, capital de la Guayana francesa, colonizada desde 1625.

Bogaron durante algunas leguas entre orillas tan pronto floridas como áridas, tan pronto lisas como escarpadas. El río seguía ensanchándose; por fin se perdía bajo una bóveda de rocas espantosas que se alzaban hasta el cielo. Los dos viajeros tuvieron el atrevimiento de abandonarse a las ondas bajo aquella bóveda. El río, que se estrechaba en aquel lugar, los arrastró con rapidez y con un estruendo horrible. Al cabo de veinticuatro horas vieron de nuevo la luz; pero su canoa se estrelló contra los escollos; tuvieron que arrastrarse de roca en roca durante una legua entera; por fin descubrieron un horizonte inmenso, bordeado de montañas inaccesibles. La región estaba cultivada tanto para el placer como para la necesidad; en todas partes lo útil era agradable. Los caminos estaban cubiertos o más bien adornados de carruajes de una forma y un material brillantes y transportaban a hombres y mujeres de singular belleza, velozmente tirados por gruesos corderos rojos que superaban en rapidez a los más hermosos caballos de Andalucía, de Tetuán y de Mequinez.

—Aquí tenemos —dijo Cándido—, un país que vale más que Wesfalia.

Y se apeó con Cacambó junto a la primera aldea que encontró.

Algunos niños de la aldea, cubiertos de brocados de oro completamente desgarrados, jugaban al tejo a la entrada del pueblo; nuestros dos hombres del otro mundo se entretuvieron mirándolos; sus tejos eran unas piezas redondas bastante anchas, amarillas, rojas, verdes, que despedían un destello singular. Los viajeros sintieron ganas de recoger algunas; era oro, eran esmeraldas, eran rubíes, el menor de los cuales habría sido el mayor adorno del trono del Mogol.

—Sin duda estos niños son los hijos del rey del país jugando al tejo —dijo Cacambó.

El magíster de la aldea apareció en ese momento para hacerles volver a la escuela.

—Y ahí tenemos —dijo Cándido—, al preceptor de la familia real.

Los pequeños harapientos abandonaron inmediatamente el juego, dejando en tierra sus tejos y cuanto había servido a su diversión.

Cándido los recoge, corre al preceptor y se los presenta humildemente, dándole a entender por señas que sus Altezas Reales habían olvidado su oro y sus piedras preciosas. El magíster de la aldea los tiró al suelo sonriendo, miró un momento la cara de Cándido con mucha sorpresa, y prosiguió su camino.

Los viajeros no dejaron de recoger el oro, los rubíes y las esmeraldas.

—¿Dónde estamos? —exclamó Cándido—. Los hijos de los reyes de este país deben de estar bien educados, pues les enseñan a despreciar el oro y las piedras preciosas.

Cacambó estaba tan sorprendido como Cándido. Al final, se acercaron a la primera casa de la aldea; estaba construida como un palacio de Europa. Un tropel de gente se amontonaba a la puerta, y dentro había más todavía. Se dejaba oír una música muy agradable, y se percibía un delicioso olor a cocina. Cacambó se acercó a la puerta y oyó que hablaban peruano[70]; era su lengua materna: porque todo el mundo sabe que Cacambó había nacido en el Tucumán, en una aldea donde no conocían otra lengua.

—Yo os serviré de intérprete —dijo a Cándido—; entremos; esto es un figón.

Al instante dos mozos y dos sirvientas de la hostería, vestidos con paño de oro, y con el pelo anudado por cintas, los invitan a sentarse a la mesa del hostelero. Les sirvieron cuatro potajes, cada uno guarnecido por dos loros, un cuntur cocido que pesaba doscientas libras, dos monos asados de sabor excelente, trescientos colibríes en un plato, y seiscientos pájaros-mosca en otro; guisos exquisitos, pasteles deliciosos, todo en platos de algo parecido a cristal de roca. Los mozos y las sirvientas del establecimiento escanciaban varios licores hechos de caña de azúcar.

En su mayoría los comensales eran mercaderes y cocheros, todos ellos de extremada cortesía, que, con la discreción más prudente, hicieron algunas preguntas a Cacambó y respondieron a las suyas de manera satisfactoria. Cuando la comida hubo terminado, Cacambó, igual que Cándido, creyó pagar sobradamente su escote depositando sobre la mesa del hostelero dos de aquellas anchas piezas de oro que habían recogido; el hostelero y la hostelera se echaron a reír a car-

---

[70]   El peruano es lo mismo que el idioma del pueblo Inca que, supuestamente, sería el de El Dorado. Cuntur —uno de los platos que, de inmediato, les sirven—, es el nombre primitivo incaico de cóndor del país.

cajadas y tuvieron que apretarse los flancos un buen rato. Por fin se repusieron.

—Señores —dijo el hostelero—, ya nos damos cuenta de que sois extranjeros; no estamos acostumbrados a ver muchos. Perdonadnos si nos hemos echado a reír cuando nos habéis ofrecido como pago los guijarros de nuestros caminos. No tenéis, sin duda, la moneda pero tampoco es necesario tenerla para cenar aquí. Todos los restaurantes establecidos para comodidad del comercio están pagados por el gobierno. No habéis comido muy allá en éste porque es una aldea pobre; pero donde quiera que vayáis seréis recibidos como merecéis.

Cacambó traducía a Cándido todas las palabras del hostelero, y Cándido las escuchaba con la misma admiración y el mismo asombro con que su amigo Cacambó se las traducía.

—¿Pues, qué país es éste, decía el uno al otro, desconocido en todo el resto de la tierra, y donde toda la naturaleza es de una especie tan diferente a la nuestra? Probablemente es el país donde todo va bien; porque es absolutamente preciso que haya alguno de esa clase. Y diga lo que diga maese Pangloss, a menudo advertí que en Wesfalia todo iba mal.

CAPÍTULO XVIII

Lo que vieron en el país de El Dorado

Cacambó mostró a su hospedero toda la curiosidad que sentía; y éste le dijo:

—Yo soy muy ignorante, y me encuentro bien siendo así; pero tenemos aquí un anciano retirado de la corte, que es el hombre más sabio del reino y el más abierto.

Inmediatamente, lleva a Cacambó ante el anciano. La verdad es que a Cándido ya no le quedaba más papel que el de segundo personaje; había pasado a ser el acompañante de su criado. Entraron en una casa muy sencilla, ya que la puerta sólo era de plata y los revestimientos de los cuartos sólo de oro, eso sí, trabajados con tanto gusto que no desmerecían de los más ricos. La verdad es que el vestidor sólo estaba repujado de rubíes y esmeraldas; pero el orden en que todo estaba dispuesto compensaba con creces tan gran sencillez.

El anciano recibió a los dos extranjeros sentado en un sofá acolchado, hecho con plumas de colibrí, y les ofreció licores en vasos de diamantes; después, satisfizo su curiosidad contándoles lo siguiente:

—Tengo ciento setenta y dos años, y por mi difunto padre, escudero del rey, que había sido testigo directo de las mismas, conocí las sorprendentes revoluciones del Perú. El reino en que nos encontramos es la antigua patria de los incas, que, muy imprudentemente, habían salido al exterior de sus fronteras con la intención de someter a una parte del mundo, y que, al final, fueron aniquilados por los españoles. Los príncipes de la familia que se quedaron en su país fueron más prudentes: con el consentimiento de la nación, ordenaron que ningún habitante saliera ya nunca más de nuestro pequeño reino; y eso ha mantenido nuestra inocencia y nuestra felicidad. Los españoles tuvieron un conocimiento confuso de este país, lo llamaron El Dorado, y un inglés, el caballero Raleigh, se acercó bastante, hace cien años; pero, como estamos rodeados de rocas inaccesibles y precipicios, hasta ahora hemos estado al abrigo de la rapacidad de las naciones de Europa, que sienten una furia inconcebible por los guijarros y por el barro de nuestra tierra, y que, para obtenerlos, matarían hasta el último de los nuestros.

La conversación fue larga; versó sobre la forma del gobierno, las costumbres, las mujeres, los espectáculos públicos y las artes. Finalmente, Cándido, que siempre había sentido inclinación hacia la metafísica, hizo que Cacambó preguntase si en el país había alguna religión.

El anciano se sonrojó un poco:

—¿Cómo? —dijo—, ¿podéis dudarlo? ¿Pensáis que somos unos ingratos?

Cacambó preguntó, humildemente, cuál era la religión de El Dorado. El anciano volvió a sonrojarse:

—¿Es que puede haber dos religiones? —dijo—; nosotros tenemos, según creo, la religión de todo el mundo: adoramos a Dios de la noche a la mañana.

—¿Sólo adoráis a un único Dios? —dijo Cacambó—, que seguía sirviendo de intérprete a las dudas de Cándido.

—Desde luego —dijo el anciano—, no hay ni dos, ni tres, ni cuatro. Os confieso que las gentes de vuestro mundo hacen preguntas muy singulares.

Cándido no se cansaba de preguntar al buen anciano; quiso saber cómo se rezaba a Dios en El Dorado.

—No le rezamos —dijo el buen y respetable sabio—; no tenemos nada que pedirle; nos ha dado todo cuanto necesitamos; le damos las gracias constantemente.

Cándido sintió curiosidad por ver a los sacerdotes; hizo que le preguntara dónde estaban. El buen anciano sonrió:

—Amigos míos —dijo—, todos nosotros somos sacerdotes; el rey y todos los jefes de familia cantan solemnemente cada mañana cánticos de acción de gracias, y cinco o seis mil músicos los acompañan.

—¡Cómo! ¿No tenéis monjes que enseñen, que disputen, que gobiernen, que hagan cábalas y ordenen quemar a las gentes que no son de su opinión?

—Tendríamos que estar locos —dijo el anciano—; aquí todos somos de la misma opinión, y no entendemos a dónde queréis llegar con vuestros monjes.

Cándido permanecía extasiado ante todas aquellas palabras y se decía para sus adentros: «Esto es muy diferente de Wesfalia y del castillo del señor barón; si nuestro amigo Pangloss hubiera visto El Dorado, no habría dicho que el castillo de Thunder-ten-tronckh era lo mejor que había en la tierra. ¡Cuán cierto es que hay que viajar!».

Tras esta larga conversación, el buen anciano hizo uncir una carroza tirada por seis corderos, y prestó a los dos viajeros doce de sus criados que los llevarían hasta la corte:

—Perdonadme si mi edad me priva del honor de acompañaros —les dijo—. El rey os recibirá de tal forma que no quedaréis descontentos, y sin duda perdonaréis las costumbres del país si hay alguna que no os agrade.

Cándido y Cacambó subieron a la carroza: los seis corderos volaban y, en menos de cuatro horas, llegaron al palacio del rey, situado en un extremo de la capital. El pórtico era de doscientos veinte pies de alto y cien de ancho; es imposible expresar de qué material estaba fabricado. Lo que estaba claro era que se evidenciaba muy superior al de los guijarros y a esa arena que nosotros llamamos oro y pedrería.

Veinte hermosas doncellas de la guardia recibieron a Cándido y Cacambó al descender de la carroza, los condujeron a los baños, los vistieron con ropas de un tejido de pluma de colibrí, después de lo cual, los altos funcionarios y funcionarias de la corona los condujeron al pabellón de Su Majestad, flanqueados por dos filas de mil músicos cada una, según la costumbre ordinaria. Cuando se acercaron a la sala del trono, Cacambó preguntó a un alto funcionario cómo debían saludar a Su Majestad: si se ponían de rodillas, o echaban cuerpo a tierra, si colocaban las manos sobre la cabeza o sobre el trasero, si se lamía el polvo de la sala; en una palabra, cuál era el ceremonial.

—La costumbre —dijo el alto funcionario—, es abrazar al rey y besarle ambas mejillas.

Cándido y Cacambó saltaron al cuello de Su Majestad, que los recibió con toda la gracia imaginable y que cortésmente los invitó a cenar.

Mientras llegaba la hora, les mostraron la ciudad, los edificios públicos, cuya altura alcanzaba las nubes, los mercados, adornados con mil columnas, las fuentes de agua pura, las fuentes de agua rosa, las de licores de caña de azúcar, que manaban sin parar en grandes plazas de adoquín con una suerte de pedrerías que daban un olor semejante al del clavo y la canela. Cándido pidió que le mostraran la corte de justicia, el parlamento y le dijeron que no tenían, que ellos nunca pleiteaban. Quiso saber si había cárceles; le dijeron que no. Lo que más le sorprendió y le causó, al tiempo, mayor placer, fue el palacio de las ciencias, donde vio una galería de dos mil pasos, llena de instrumentos de aplicación matemática y de física.

Tras haber recorrido durante toda la tarde aproximadamente la milésima parte de la ciudad, los acompañaron de nuevo ante el rey. Cándido se sentó a la mesa entre Su Majestad, su criado Cacambó y varias damas. Jamás se había dado tan espléndido banquete y jamás hubo más ingenio en una cena que el que mostró Su Majestad. Cacambó trasladaba a Cándido las agudas palabras del rey; aunque traducidas, a Cándido siempre le parecían frases ingeniosas. Y, si su admiración era mucha viendo todo lo que veía, el ingenio del rey no fue lo que menos lo admiró.

Estuvieron de huéspedes de aquella casa durante un mes. Cándido no se cansaba de decir a Cacambó.

—Una vez más te lo repito, amigo mío; ten por cierto que el castillo en que nací no vale lo que vale el país en que estamos; pero, ¿qué le vamos a hacer?, la señorita Cunegunda no está aquí, y sin duda vos tenéis alguna enamorada en Europa. Si nos quedásemos aquí, sólo seríamos como los demás; mientras que si volvemos a nuestro mundo sólo con doce corderos cargados de guijarros de El Dorado, seremos más ricos que todos los reyes juntos, no tendremos que temer a más inquisidores, y, fácilmente podremos recuperar a la señorita Cunegunda.

Estas palabras agradaron a Cacambó; satisface tanto correr mundo, hacerse valer entre los suyos, hacer ostentación de lo que se ha visto en los viajes, que los dos afortunados resolvieron dejar de serlo y pedir licencia a Su Majestad para irse.

—Hacéis una tontería —les dijo el rey—; sé de sobra que mi país es poca cosa; pero cuando se está pasablemente bien en una parte, hay que quedarse; no tengo, desde luego, derecho a retener a unos extranjeros; es una tiranía que no figura en nuestras costumbres ni en nuestras leyes: todos los hombres son libres; partid cuando queráis, pero la salida es muy difícil. Resulta imposible remontar la corriente del río por el que llegasteis de milagro, y que corre bajo bóvedas de rocas. Las montañas que rodean todo mi reino tienen diez mil pies de altura, y son rectas como murallas; cada una ocupa, a lo ancho, un espacio de más de diez leguas; de ellas sólo se puede bajar por precipicios. Sin embargo, puesto que de cualquier modo queréis partir, voy a dar orden a los intendentes de máquinas para que construyan una que pueda transportaros cómodamente. Cuando estéis al otro lado de las montañas, nadie podrá acompañaros; porque mis súbditos han jurado no salir jamás de su recinto, y son demasiado sabios para romper su juramento. Por lo demás, pedidme cuanto os plazca.

—No pedimos a Vuestra Majestad más que algunos corderos cargados de víveres, de guijarros, y del barro del país —dijo Cacambó.

El rey se rio:

—No concibo —dijo—, el entusiasmo que sienten vuestras gentes de Europa por nuestro barro amarillo; pero llevaos cuanto queráis, y que os haga buen provecho.

E inmediatamente ordenó a sus ingenieros que hicieran una máquina capaz de izar a aquellos dos hombres extraordinarios fuera del reino. Tres mil buenos físicos trabajaron en ello; al cabo de quince días estuvo lista y no costó más de veinte millones de libras esterlinas en moneda del país. Pusieron sobre la máquina a Cándido y a Cacambó; había dos grandes corderos rojos con sillas y bridas para que les sirvieran de montura una vez franquearan las montañas, veinte corderos con albardas cargadas de víveres, treinta que llevaban presentes de lo que el país tiene de más curioso, y cincuenta cargados de oro, pedrerías y diamantes. El rey abrazó tiernamente a los dos vagabundos.

Su partida fue un espectáculo magnífico, lo mismo que la ingeniosa manera de izarlos, a ellos y a sus corderos, hasta la cumbre de las montañas. Los físicos se despidieron después de haberlos puesto a salvo, y Cándido no tuvo otro deseo ni otra meta que ir a presentar sus corderos a la señorita Cunegunda.

—Ya tenemos con qué pagar al gobernador de Buenos Aires, si es que la señorita Cunegunda puede tener un precio. Vayamos hacia Cayena, embarquémonos, y ya veremos luego qué reino podemos comprar.

CAPÍTULO XIX

Lo que les sucedió en Surinam[71]
y cómo Cándido conoció a Martín

La primera jornada de nuestros dos viajeros fue bastante agradable. Les llenaba de ilusión ser dueños de más tesoros que los que pudieran reunir Asia, Europa y África. Cándido, arrobado, escribió el nombre de Cunegunda en los árboles. En la segunda jornada, dos de sus corderos se hundieron en los pantanos, y fueron engullidos con sus cargas; algunos días después, otros dos murieron de fatiga; siete u ocho perecieron de hambre en un desierto; otros cayeron al cabo de algunos días en precipicios. Finalmente, después de cien días de marcha, sólo les quedaban dos corderos. Cándido dijo a Cacambó:

—Amigo mío, ya veis cuán perecederas son las riquezas de este mundo; lo único sólido es la virtud y la dicha de ver a la señorita Cunegunda.

—Lo admito —dijo Cacambó—; pero todavía nos quedan dos corderos con más tesoros de los que nunca tendrá el rey de España, y a lo lejos veo una ciudad que, si no me engaño, es Surinam, colonia de los holandeses. Estamos llegando al final de nuestras fatigas y al comienzo de nuestra felicidad.

Cuando estaban llegando a la ciudad, encontraron a un negro[72] tirado por tierra, que no tenía más que la mitad de sus ropas, es decir, un calzón de tela azul; a este pobre hombre le faltaban la pierna izquierda y la mano derecha.

—¡Oh, Dios mío! —le dijo Cándido en holandés—, ¿qué haces ahí, amigo mío, en el estado horrible en que te veo?

---

[71] Capital de la Guyana holandesa.
[72] El pasaje del negro no aparece en el original y, según todos los indicios, responde a un añadido que Voltaire introdujo para sumarse a las protestas contra la esclavitud.

—Espero a mi amo, el señor Vanderdendur[73], el famoso comerciante —dijo el negro.

—¿Y es Vanderdendur quien así te trata? —preguntó Cándido.

—Sí, señor —dijo el negro—, es lo acostumbrado. Por todo vestido, nos dan un calzón de tela dos veces al año. Cuando trabajamos en los ingenios y la cortadora nos atrapa el dedo, nos cortan la mano; cuando queremos huir, nos cortan la pierna; yo me he encontrado en ambos casos. A ese precio coméis vos azúcar en Europa. Sin embargo, cuando mi madre me vendió por diez escudos patagones en la costa de Guinea, me decía: «Querido hijo, bendice a nuestros dioses, adóralos siempre, te darán una vida feliz; tienes el honor de ser esclavo de nuestros señores los blancos, y con ello haces la fortuna de tu padre y de tu madre». ¡Ay!, no sé si hice su fortuna, pero ellos no hicieron la mía. Los perros, los monos y los loros son mil veces menos desgraciados que nosotros. Los dioses holandeses, que me han convertido, me dicen cada domingo que todos, blancos y negros, somos hijos de Adán. No soy genealogista, pero si esos predicadores dicen la verdad, todos somos primos hermanos; y estaréis de acuerdo conmigo en que no puede tratarse a los parientes de forma más espantosa.

—¡Oh, Pangloss! —exclamó Cándido—; tú no llegaste a adivinar esta abominación; al final tendré que renunciar a tu optimismo.

—¿Qué es optimismo? —preguntaba Cacambó.

—¡Ay! —dijo Cándido—, es la manía de sostener que todo está bien cuando todo está mal.

Y le caían las lágrimas viendo a su negro. Llorando entró en Surinam.

Lo primero que preguntan es si hay en el puerto algún barco que pueda salir para Buenos Aires. El individuo al que se dirigieron era, justamente, un patrón español, que se ofreció a cerrar con ellos un trato honrado. Los citó en una taberna: Cándido y el fiel Cacambó fueron allí, llevando sus dos corderos, a esperarle.

Cándido, que hablaba con el corazón en la mano, contó al español todas sus desventuras, y le confesó que quería secuestrar a la señorita Cunegunda.

---

[73] Alusión al librero holandés Van Duren, con quien tuvo duras disputas, por las críticas que aquel le dirigió.

—Me guardaré muy mucho de llevaros a Buenos Aires —dijo el patrón—; me colgarían, y a vos también. La hermosa Cunegunda es la amante favorita de monseñor.

Aquello fue como un rayo para Cándido; lloró durante mucho tiempo. Después, llevó aparte a Cacambó:

—He aquí, querido amigo, lo que es preciso que hagas —le dijo—. En nuestros bolsillos tenemos, cada uno, de cinco a seis millones en diamantes; tú eres más hábil que yo; vete a Buenos Aires en busca de la señorita Cunegunda. Si el gobernador pone alguna traba, dale un millón; si no la entrega, dale dos; tú no has matado a ningún inquisidor, no desconfiarán de ti. Yo fletaré otro barco e iré a esperarte a Venecia; es un país libre donde no hay nada que temer, ni de los búlgaros ni de los ábaros, ni de los judíos, ni de los inquisidores.

Cacambó aplaudió esta sabia resolución. Estaba tristísimo por tener que separarse de su buen amo, convertido en su amigo del alma; pero el placer de serle útil prevaleció sobre el dolor de abandonarlo. Se abrazaron derramando lágrimas. Cándido le recomendó que no olvidara a la buena vieja. Cacambó partió aquel mismo día. Era un magnífico muchacho este Cacambó.

Cándido permaneció algún tiempo todavía en Surinam, y esperó a que otro patrón quisiera llevarlo a Italia, a él y a los dos corderos que le quedaban. Tomó criados, y compró cuanto necesitaba para un largo viaje; por último, el señor Vanderdendur, dueño de un gran navío, se presentó a él:

—¿Cuánto queréis —le preguntó Cándido—, por llevarme directamente a Venecia, a mí, a mis criados, mi equipaje y los dos corderos que veis ahí?

El patrón le puso el precio de diez mil piastras. Cándido no lo dudó. «¡Oh, oh, se dijo para sí el taimado Vanderdendur, este extranjero da diez mil piastras sin más! Debe de ser muy rico. Luego, regresó un momento después y le hizo saber que no podía partir por menos de veinte mil.

—Bueno —dijo Cándido— las tendréis.

«Vaya, pensó para sus adentros el mercader, este hombre da veinte mil piastras con la misma facilidad que diez mil». Volvió de nuevo, y dijo que no podía llevarle a Venecia por menos de treinta mil piastras.

—Tendréis, entonces, treinta mil —respondió Cándido.

«¡Oh, oh! —repitió el mercader holandés—, treinta mil piastras no significan nada para este hombre. Los dos corderos llevan, sin duda, inmensos tesoros; no insistamos más; hagámonos pagar primero las treinta mil piastras, y luego ya veremos».

Cándido vendió dos diamantes pequeños, el menor de los cuales valía todo el dinero que exigía el patrón. Pagó por adelantado. Los dos corderos fueron embarcados. Cándido iba detrás, en una barca, para encontrarse con la nave en la rada; el patrón se da prisa, despliega las velas y leva anclas; el viento lo favorece.

Cándido, anonadado y estupefacto, lo pierde pronto de vista.

—¡Ay —exclama—, es una jugarreta digna del viejo mundo!

Y regresa a la orilla hundido por el dolor, porque acababa de perder lo que podía hacer la fortuna de veinte monarcas.

Se va al despacho del juez holandés, y, como estaba algo alterado, golpea bruscamente la puerta, entra, expone su aventura, y grita algo más de lo debido. El juez comienza por hacerle pagar diez mil piastras por el follón que había organizado. Luego, lo escuchó pacientemente, le prometió examinar su caso tan pronto como el mercader hubiera vuelto, y se hizo pagar otras diez mil piastras por los gastos de la audiencia.

Tal proceder acabó por desesperar a Cándido; había soportado, era verdad, desgracias mil veces más dolorosas, pero la sangre fría del juez, y la del patrón que le había robado, hicieron bullir su bilis y lo sumieron en una negra melancolía. La maldad de los hombres se presentaba a su espíritu en toda su fealdad; sólo se alimentaba de ideas tristes. Por fin, estando a punto de partir para Burdeos un bajel francés, como ya no tenía corderos de diamantes que embarcar, alquiló un camarote del navío a precio moderado e hizo correr la voz por la ciudad de que pagaría el pasaje y la comida, y daría dos mil piastras a un hombre honrado que quisiese hacer con él el viaje a condición de que el hombre fuera el más asqueroso de su estado y el más desgraciado de la provincia.

Se presentó tal multitud de pretendientes que una flota no habría sido suficiente para llevarlos. Como quería hacer la elección entre los más llamativos, Cándido se fijó en una veintena de ellos que le parecieron más sociables; por supuesto, todos pretendían que eran los mejores. Los reunió en su taberna y les dio de cenar, pero con la condición de que todos y cada uno tenían que jurar que iban a contar su verdadera historia, con la promesa de él de elegir a aquel que fuera más digno de lástima y que le pareciera más descontento con su situación, pero, por motivos justos; a los demás, les daría una gratificación.

La sesión duró hasta las cuatro de la mañana. Cándido, oyendo todas sus aventuras, recordaba lo que le había dicho la vieja cuando iban hacia Buenos Aires, y la apuesta que había hecho a que no había nadie en el navío al que no le hubieran ocurrido grandísimas desgracias. A cada aventura que le contaban, pensaba en Pangloss: «Este Pangloss se vería en un aprieto, se decía, para demostrar su sistema. Me gustaría que estuviera aquí. Desde luego, si todo va bien en algún sitio, es en El Dorado y no en el resto del mundo». Finalmente, se inclinó a favor de un pobre sabio que había trabajado diez años para los libreros[74] en Amsterdam. Pensó que no había oficio en el mundo del que se pudiera estar más asqueado.

Aquél sabio, que, además, era un buen hombre, había sido robado por su mujer, golpeado por su hijo y abandonado por su hija, que se había hecho secuestrar por un portugués. Acababan de quitarle un pequeño empleo del que subsistía, y los predicadores de Surinam lo perseguían porque lo tomaban por sociniano[75]. Justo es decir que los otros eran, por lo menos, tan desgraciados como él, pero Cándido esperaba que el sabio lo distrajera durante el viaje. Todos sus rivales opinaron que Cándido cometía una gran injusticia con ellos, pero los calmó dando a cada uno cien piastras.

---

[74] Conviene recordar que, en tiempos de Voltaire, el librero era, también y sobre todo para los escritores, el editor —o el potencial editor— de sus libros.

[75] Sociniano, discípulo de Socino, un reformador del siglo XVI nacido en Sena, que negaba ciertos dogmas de la Iglesia (la Trinidad, la divinidad de Cristo), quien, además, proponía un acercamiento racional a la Biblia. Los deístas lo consideran su precursor. Voltaire, que simpatizó con esas ideas, dedica a Socino su carta VII de las filosóficas.

CAPÍTULO XX

Lo que les sucedió en la mar a Cándido y a Martín

El viejo sabio, que se llamaba Martín, embarcó, pues, para Burdeos con Cándido. Uno y otro habían visto mucho y sufrido mucho; y por más que el navío debía ir desde Surinam hasta el Japón, doblando por el cabo de Buena Esperanza, en temas como el mal moral y el mal físico tenían materia de sobra para hablar durante todo el viaje.

Con todo, Cándido tenía una gran ventaja sobre Martín, y es que seguía esperando volver a ver a la señorita Cunegunda, mientras que Martín no tenía nada que esperar; además, aquel tenía oro y diamantes; y aunque hubiera perdido cien gruesos corderos rojos cargados con los mayores tesoros de la tierra, aunque siguiera pesando sobre su corazón la bribonada del patrón holandés, no obstante, cuando pensaba en lo que le quedaba en los bolsillos y cuando hablaba de Cunegunda, sobre todo al terminar las comidas, acababa decidiéndose por el sistema filosófico de Pangloss.

—Y vos, señor Martín —dijo al sabio—, ¿qué pensáis de todo esto? ¿Cuál es vuestra idea sobre el mal moral y el mal físico?

—Señor —respondió Martín—, mis sacerdotes me han acusado de ser sociniano, pero lo cierto es que soy maniqueo[76].

—Os burláis de mí —dijo Cándido—, ya no hay maniqueos en el mundo.

—Quedo yo —dijo Martín—; no sé qué hacer, pero no puedo pensar de otro modo.

—A la fuerza tenéis el diablo en el cuerpo —dijo Cándido.

—Se mezcla de manera tan clara en los asuntos de este mundo —dijo Martín—, que bien podría estar en mi cuerpo, como en cualquier otra parte; pero os confieso que, tendiendo la mirada sobre

---

[76] El maniqueísmo —de Manes, su fundador— explica el mundo como un equilibrio en la lucha del bien y el mal.

este globo, o mejor, sobre este glóbulo, pienso que Dios lo abandonó a algún ser maléfico; hago siempre la excepción de El Dorado. Apenas he visto ciudad que no desee la ruina de la ciudad vecina, ni familia que no quiera exterminar a alguna otra familia. En todas partes los débiles odian a los poderosos, ante los que se arrastran, y los poderosos los tratan como rebaños cuya lana y carne se vende. Un millón de asesinos agrupados corren de un extremo a otro de Europa, practican el asesinato y el bandidaje, disciplinadamente, para ganar su pan, porque no hay oficio más honrado; y en las ciudades que parecen disfrutar de paz y donde florecen las artes, los hombres son devorados por más envidias, preocupaciones e inquietudes que calamidades sufre una ciudad sitiada. Las penas secretas son más crueles aún que las miserias públicas. En una palabra, he visto tanto y he sufrido tanto que por eso soy maniqueo.

—Sin embargo, habrá algo bueno —se interesaba Cándido.

—Puede ser —replicaba Martín—, pero yo no lo conozco.

En medio de esta disputa se oyó el fragor de un cañonazo. El ruido se redobla por momentos. Cada uno coge su catalejos.

Se ven a lo lejos dos bajeles que combaten entre sí, a una distancia aproximada de tres millas; el viento los acerca al navío francés cuyos pasajeros tuvieron el placer de ver el combate a su comodidad. Por fin, uno de los dos bajeles soltó al otro una descarga tan a ras de línea de flotación y tan precisa que lo echó a pique. Cándido y Martín divisaron con toda claridad un centenar de hombres sobre el puente superior del navío, que se hundió; todos levantaban las manos al cielo y daban gritos espantosos. En un momento todo fue engullido.

—Bien —dijo Martín—, ahí tenéis cómo se tratan los hombres entre sí.

—Cierto que hay algo diabólico en este asunto, dijo Cándido.

Mientras así hablaba divisó no sé qué de un rojo brillante que nadaba cerca de su navío. Botaron una chalupa para ver qué podía ser: era uno de sus corderos. Cándido sintió más alegría por recobrar el cordero que pena había sufrido al perder cien cargados a tope de gruesos diamantes de El Dorado.

Pronto se dio cuenta el capitán francés de que el capitán del navío que sobrenaba el mar era español y que el navío hundido era un pirata holandés, el mismo que había robado a Cándido. Las inmensas riquezas de las que se había apoderado este malvado quedaron sepultadas con él en el mar, y no se salvó más que un cordero.

—Ya veis que el delito acaba pagándose alguna vez —le dijo Cándido a Martín—; ese canalla de patrón holandés ha tenido la suerte que merecía.

—Sí —dijo Martín—, pero, ¿era necesario que también pereciesen los pasajeros de su barco? Dios ha castigado al canalla, y el diablo ha ahogado a los demás.

Mientras, el navío francés y el español continuaron su ruta, y Cándido prosiguió sus conversaciones con Martín. Discutieron quince días seguidos, y al cabo de los quince días habían avanzado tanto como en el primero. Pero, al fin y al cabo, hablaban, se comunicaban ideas, se consolaban. Cándido acariciaba su cordero.

—Si he vuelto a encontrarte —dijo—, sin duda también podré hallar a Cunegunda.

CAPÍTULO XXI

Cándido y Martín se acercan a las costas de Francia
y piensan

Por fin avistaron las costas de Francia.

—¿Habéis estado alguna vez en Francia, señor Martín? —preguntó Cándido.

—Sí —dijo Martín—, recorrí varias provincias. Hay unas donde la mitad de sus habitantes están locos, otras donde se pasan de listos, otras donde, por regla general, son bastante mansos y bastante necios, otras donde presumen de ingeniosos; en todas, la principal ocupación es el amor; la segunda, la maledicencia, y la tercera, decir tonterías.

—Pero, señor Martín, ¿habéis visto París?

—Sí, he visto París; tiene de todas esas especies; es un caos, es una marea humana donde todo el mundo busca el placer y donde casi nadie lo encuentra, al menos eso me pareció. Estuve poco tiempo: nada más llegar, en la feria de Saint-Germain[77] me robaron todo cuanto tenía; pero lo mejor fue que a mí mismo me tomaron por ladrón, y estuve ocho días en la cárcel. Después de todo esto me hice corrector de imprenta para ganar algún dinero con que volver a pie a Holanda. Conocí a la canalla escribiente, a la cabalística y a la convulsionaria[78]. Dicen que hay gentes muy educadas en esa ciudad; me gustaría creerlo.

—Yo, por mi parte, no siento ninguna curiosidad por ver Francia —dijo Cándido—; fácilmente adivinaréis que, cuando se ha pasado un mes en El Dorado, ya no busca uno más, sobre la tierra, que ver a la señorita Cunegunda; voy a esperarla en Venecia; cruzaremos Francia para ir a Italia. ¿Me acompañaréis?

---

[77] La feria de Saint-Germain se celebró en París desde la Edad Media y duraba del 3 de febrero al 3 de abril. Era famosísima.

[78] La canalla convulsionaría: alusión a escenas de histeria de jesuitas, entre 1729 y 1732, en el cementerio de San Medardo, sobre la tumba del diácono París.

—De mil amores —dijo Martín—; dicen que Venecia sólo es buena para los nobles venecianos, pero que, sin embargo, en ella se recibe muy bien a los extranjeros cuando tienen dinero en abundancia; yo no lo tengo, vos sí: os seguiré a todas partes.

—A propósito —dijo Cándido—, ¿pensáis que la tierra fue, en origen un mar, como asegura este grueso libro[79] del capitán del barco?

—Nada de eso creo —dijo Martín—, ni tampoco las fantasías que nos cuentan desde hace algún tiempo.

—Pero entonces, ¿con qué fin se ha creado este mundo? —preguntó Cándido.

—Para hacernos rabiar —respondió Martín.

—¿No os sorprendió mucho —prosiguió Cándido—, el amor que aquellas dos muchachas del país de los Orejones sentían por los dos monos, en aquella aventura que os conté?

—En absoluto —dijo Martín—; no veo que tal pasión tenga nada de extraño; he visto tantas cosas extraordinarias que ya no queda nada extraordinario.

—¿Creéis —dijo Cándido—, que los hombres se han matado siempre unos a otros, como hacen en la actualidad, que han sido siempre mentirosos, engañadores, pérfidos, ingratos, golfos, flojos, cambiantes, cobardes, envidiosos, tragones, borrachos, avaros, ambiciosos, sanguinarios, calumniadores, lujuriosos, fanáticos, hipócritas e imbéciles?

—¿Creéis —dijo Martín—, que los gavilanes se han comido los pichones siempre que han dado con ellos?

—Desde luego, dijo Cándido.

—Pues bien —dijo Martín—, si los gavilanes han tenido siempre el mismo proceder, ¿por qué pretendéis que los hombres hayan cambiado el suyo?

—¡Oh! —dijo Cándido—, hay mucha diferencia, porque el libre albedrío...

Y razonando de esta suerte, llegaron a Burdeos.

---

[79] Tesis, combatida por Voltaire, de que el mar ocupaba, al principio del mundo, toda la extensión del globo.

CAPÍTULO XXII

Qué les sucedió en Francia a Cándido y a Martín

Cándido sólo se detuvo en Burdeos el tiempo necesario para vender algunos pedruscos de El Dorado y para contratar un buen carruaje de dos plazas, porque ya no podía prescindir de su filósofo Martín. Sólo le apenó mucho separarse de su cordero, que dejó a la Academia de Ciencias de Burdeos, la cual propuso por tema del premio de aquel año averiguar por qué la lana de aquel cordero era roja; y el premio fue adjudicado a un sabio del Norte que demostró con la fórmula de A, más B, menos C, dividido por Z, que el cordero debía ser rojo, y morir de la viruela de los corderos.

Sin embargo, todos los viajeros que Cándido encontraba en las posadas de la ruta le decían: «Vamos a París». Esta cantilena general acabó por despertar en él las ganas de echar un vistazo a aquella capital; tampoco se iba a desviar mucho del camino de Venecia.

Entró por el barrio de Saint-Marceau[80], y creyó estar en la más miserable aldea de Wesfalia. Apenas llegó Cándido a su posada, fue atacado por una ligera enfermedad causada por las fatigas. Como llevaba en el anular un enorme diamante, y habían notado en su equipaje un cofre prodigiosamente pesado, pronto tuvo a su lado dos médicos a los que no había llamado, algunos amigos íntimos que no le abandonaron y dos beatas que mandaban calentar sus caldos. Martín decía:

—Recuerdo haber estado también enfermo en París durante mi primer viaje; era muy pobre, por eso no tuve ni amigos, ni beatas, ni médicos, y me curé.

Sin embargo, a fuerza de medicinas y de sangrías, la enfermedad de Cándido se agravó. Un sacerdote del barrio fue a pedirle con

---

[80] Seguramente el barrio más miserable de París en el siglo XVIII, al sur de París. Hoy es el barrio de Gobelins.

mucha cortesía un billete[81] pagadero al portador para el otro mundo. Cándido se negó. Las beatas le aseguraron que era una moda nueva; Cándido repuso que él no era un hombre a la moda. Martín quiso tirar al cura por la ventana. El clérigo juró que no enterrarían a Cándido. Martín juró que él enterraría al clérigo si seguía importunándolos. La disputa se animó: Martín lo cogió por los hombros y lo echó a empellones; el hecho provocó un gran escándalo y hasta se abrió un proceso verbal del caso.

Cándido se curó y durante su convalecencia tuvo muy buena compañía en su casa a la hora de la cena. Se jugaba fuerte. Cándido estaba muy sorprendido de que nunca le tocaran ases; pero Martín no se sorprendía. Entre los que le hacían los honores de la ciudad mostrándosela, había un pequeño abate del Périgord, una de esas personas solícitas, siempre alerta, siempre serviciales, descaradas, cariñosas, complacientes, que acechan el paso de los extranjeros, les cuentan la historia escandalosa de la ciudad y les ofrecen placeres a cualquier precio. Llevó primero a Cándido y a Martín al teatro. Representaban una tragedia nueva. Cándido se encontró colocado junto a varios ingenios. Lo cual no le impidió llorar con escenas perfectamente representadas. Uno de los diletantes que estaba a su lado le dijo en un entreacto:

—Hacéis mal en llorar; esa actriz es muy mala; el actor que trabaja con ella es aún peor; la pieza es todavía peor que los actores, el autor no sabe una palabra de árabe, pese a que la acción de la obra transcurre en Arabia; y además, es un hombre que no cree en las ideas innatas[82]; mañana os traeré veinte folletos contra él.

—Señor, ¿cuántas piezas de teatro tenéis en Francia? —preguntó Cándido al abate, a lo que éste respondió:

—Cinco o seis mil.

—Es mucho —dijo Cándido—; de ellas, ¿cuántas son buenas?

—Quince o dieciséis —replicó el otro.

—Es mucho —dijo Martín.

---

[81] Se refiere a los llamados billetes de confesión que, por aquellas fechas, entre 1750 y 1760, solicitaban los sacerdotes por atender en el último momento y dar sepultura a quienes eran sospechosos de jansenismo. Voltaire estaba muy preocupado con el tema de su sepultura. Tenía razón; no fue fácil enterrarlo. *(Vide introducción a este libro).*

[82] Ideas que están en nosotros cuando nacemos; se trata de una teoría cartesiana y también de Locke, a quien Voltaire apreció mucho.

Cándido quedó encantado con una actriz que encarnaba a la reina Elizabeth en una tragedia muy floja[83] que se representaba de vez en cuando.

—Me gusta mucho esa actriz —dijo a Martín—; tiene cierto parecido con la señorita Cunegunda; me gustaría saludarla.

El abate del Périgord se ofreció gustoso a llevarlo hasta ella. Cándido, educado en Alemania, preguntó cuál era la etiqueta y cómo se trataba en Francia a las reinas de Inglaterra:

—Depende —dijo el abate—; en provincias, se las lleva a cenar; en París, se las respeta cuando son hermosas y se las tira al muladar cuando están muertas[84].

—¿Unas reinas al muladar? —dijo Cándido.

—Cierto —dijo Martín—; el señor abate tiene razón; yo me hallaba en París cuando la señorita Monime[85] pasó, como suele decirse, de esta vida a la otra; se le negaron entonces lo que estas gentes llaman los honores de la sepultura, es decir, pudrirse con todos los mendigos del barrio en un mal cementerio; fue enterrada completamente aparte de su banda en la esquina de la calle de Bourgogne, cosa que debió causarle gran pesar, porque pensaba con mucha nobleza.

—¡Qué falta de sensibilidad! —dijo Cándido.

—¿Qué queréis? —dijo Martín—; esas gentes están hechas así. Pensad todas las contradicciones, todas las incompatibilidades posibles: las veréis en el gobierno, en los tribunales, en las iglesias, en los espectáculos de esta divertida nación.

—¿Es cierto que en París siempre están riéndose? —dijo Cándido.

—Sí, respondió el abate, pero rabiando; porque aquí se quejan de todo a carcajadas, e incluso se hace en los actos más detestables.

—¿Quién es ese mamarracho que me hablaba tan mal de la pieza en la que tanto he llorado y cuyos autores me han proporcionado tanto placer? —preguntó Cándido.

—Es un vividor —respondió el abate—; se gana la vida hablando mal de todas las piezas y de todos los libros; odia al que triunfa, como

---

[83] Se refiere a «El conde de Essex», de CORNEILLE.

[84] A los actores se les negaba sepultura cristiana.

[85] Se trata de Adrienne Lecouvrew; muerta en 1730, actriz que interpretó el papel de Monime en *Mitrídates*. El párroco de San Sulpicio se negó a darle sepultura cristiana y su cuerpo fue arrojado al muladar. Sería también un párroco de San Sulpicio el que negaría a Voltaire los ritos funerales cristianos.

los eunucos odian a los que gozan: es una de esas serpientes de la literatura que se alimentan de fango y de veneno; es un foliculario.

—¿Qué queréis decir con eso de foliculario[86]? —dijo Cándido.

—Un escritor de libelos, un Fréron.

Así es como Cándido, Martín y el perigordiense razonaban en la escalinata mientras veían desfilar a la gente, una vez terminada la obra.

—Aunque tengo mucha prisa por ver a la señorita Cunegunda, me gustaría cenar con la señorita Clairon[87], porque me ha parecido admirable.

El abate no era hombre que frecuentase a la señorita Clairon, que sólo se relacionaba con gente de la clase alta.

—Esta noche está comprometida —dijo—, pero tendré el honor de llevaros a casa de una dama de calidad y allí conoceréis París como si hubierais vivido aquí cuatro años.

Cándido, que era curioso por naturaleza, se dejó llevar a casa de la dama, en el corazón del barrio Saint-Honoré, y allí estaban atareados en un faraón[88]; doce tristes jugadores tenían, cada uno en su mano, una libretita de cartas, registro «cornudo» de sus infortunios. Reinaba un profundo silencio, había palidez en la frente de los jugadores, e inquietud en la del banquero; y la señora del local, sentada junto al despiadado banquero, observaba con ojo de lince todos los parolis[89], todos los *septet-le-va de campagne* que cada jugador marcaba, doblando el pico de sus cartas; ella hacía que los desdoblasen con una seña severa pero cortés, y sin enfadarse, por miedo a perder clientes: la dama se hacía llamar marquesa de Parolignac. Su hija, de quince años, estaba entre los jugadores y con un guiño de ojo denunciaba las fullerías de las pobres gentes que trataban de reparar las crueldades del destino. El abate perigordiense, Cándido y Martín entraron; nadie se levantó, ni los saludó, ni los miró; todos estaban profundamente enfrascados en sus cartas.

---

[86] Término despectivo creado aquí mismo por Voltaire. Fréron (1718-1776) era el director de *L'Année Litteraire,* y atacaba los estrenos de Voltaire. En 1760 Voltaire le dedicó una sátira titulada *El pobre diablo,* y una comedia, donde se burlaba de un tal Frélon.

[87] La señorita Clairon fue célebre y magnífica actriz admirada por Voltaire y por Diderot.

[88] Juego de cartas, con puestas, parecido al bacarrá; un banquero distribuye y lleva la banca, que se nutre con las pérdidas de los jugadores. Al hacer la puesta, se solía doblar un pico de la carta (comer); de ahí el *registro cornu.*

[89] Se trata de distintos tipos de puestas en el juego.

—La señora baronesa de Thunder-ten-tronckh era más cortés —dijo Cándido. Entonces el abate aproximó su boca a la oreja de la marquesa, que se incorporó a medias, saludó a Cándido con una graciosa sonrisa y a Martín con un gesto muy noble de cabeza; ordenó que le dieran una silla y un juego de cartas a Cándido, que perdió cincuenta mil francos en dos partidas; tras lo cual se cenó en un ambiente alegre, y todo el mundo se asombraba de que Cándido no se hubiera ni siquiera emocionado por la pérdida; los lacayos decían entre sí, en su lenguaje de lacayos: «Seguro que es algún milord inglés».

La cena fue como la mayoría de las cenas de París: al principio, silencio; después, un rumor de palabras que no se distinguen, luego, chistes, en su mayoría insípidos, falsas noticias, malos razonamientos, algo de política y mucha maledicencia; se habló, incluso, de libros nuevos.

—¿Habéis leído la novela del señor Gauchat[90], doctor en teología? —dijo el abate perigordiense.

—Sí —respondió uno de los comensales—, pero no he podido acabarla. Tenemos muchos escritores impertinentes, pero sumados todos, no llegan a la impertinencia de Gauchat, doctor en teología; estoy tan harto de esa inmensidad de libros detestables que nos inundan que he decidido jugar al faraón.

—Y las *Misceláneas* del archidiácono T...[91], ¿qué os parecen? —preguntó el abate.

—¡Ay! —dijo la señora de Parolignac—, mortalmente aburridas. De qué modo tan curioso dice todo lo que la gente sabe. ¡Con qué pesadez discute lo que ni siquiera merece la pena tocar de pasada, cómo se apropia sin ingenio del ingenio de los demás, cómo echa a perder lo que apaña de otros, cómo aburre! Pero no me aburrirá más; ya es bastante haber leído unas páginas del archidiácono.

Había en la mesa un hombre sabio y de gusto que apoyaba lo que decía la marquesa. Se habló luego de tragedias: la dama preguntó por qué había tragedias que, a veces, se interpretaban pero que no se podían leer. El hombre de gusto explicó muy bien que hay piezas que

---

[90]   Escritor enemigo de Voltaire y, en general, de todos los de la *Enciclopedia*. Gran defensor de la religión católica, fue autor prolífico, amigo de controversia y crítico feroz del racionalismo.

[91]   El abate Trubler (1677-1770), otro gran enemigo de Voltaire.

pueden tener cierto interés y casi ningún mérito; demostró en pocas palabras que no bastaba con introducir una o dos de esas situaciones que se dan en todas las novelas y que siempre seducen a los espectadores, sino que es necesario ser nuevo sin ser raro, frecuentemente sublime y siempre natural; conocer el corazón humano y hacerlo hablar; ser gran poeta sin que nunca personaje alguno de la pieza parezca poeta; saber perfectamente la lengua, hablarla con pureza, con armonía, sin altibajos, sin que la rima cueste nunca nada al sentido.

—Quien no observe todas estas reglas —añadió—, puede hacer una o dos tragedias aplaudidas en el teatro, pero jamás figurará en el rango de los buenos escritores; hay poquísimas tragedias buenas; unas son idilios en diálogos bien escritos y bien rimados; otras, razonamientos políticos que duermen, o corolarios que repelen; otras, sueños de energúmeno, en estilo bárbaro, razonamientos interrumpidos, largos apóstrofes a los dioses por no saber hablar a los hombres, máximas falsas, tópicos ampulosos.

Cándido escuchó estas palabras atentamente y se formó una gran idea del personaje que así discurría, y como la marquesa se había preocupado de ponerle a su lado, se acercó a su oído, y se tomó la libertad de preguntarle quién era aquel hombre que tan bien hablaba.

—Es un sabio —dijo la dama—, que no juega, y que, de vez en cuando, el abate me trae a cenar; lo sabe todo sobre tragedias y libros, y ha escrito una tragedia silbada y un libro del que nunca se ha visto fuera del escaparate de su editor más ejemplar que el que me ha dedicado a mí.

—¡Qué gran hombre! —dijo Cándido—; es otro Pangloss.

Entonces, volviéndose hacia él, le dijo.

—Señor, sin duda pensáis que todo va de la mejor manera posible en el mundo físico y en el moral, y que nada podía suceder de otro modo.

—Yo, señor —le respondió el sabio—, no pienso así; me parece que todo va mal entre nosotros, que nadie sabe ni cuál es su rango, ni cuál su cargo, ni lo que hace, ni lo que debe hacer, y que, excepto la cena, que es bastante alegre y donde parece haber unión, el resto del tiempo transcurre en querellas impertinentes: jansenistas contra molinistas, gentes del parlamento contra gentes de iglesia, gentes de letras contra gentes de letras, cortesanos contra cortesanos, financieros contra el pueblo, mujeres contra maridos, parientes contra parientes; es una guerra eterna.

Cándido le replicó:

—He visto cosas peores. Pero un sabio, que después tuvo la desgracia de ser ahorcado, me enseñó que todo va a las mil maravillas, y que lo demás no son sino sombras en un hermoso cuadro.

—Vuestro ahorcado se burlaba del mundo —dijo Martín—; vuestras sombras son manchas horribles.

—Son los hombres quienes hacen las manchas —dijo Cándido—, y no tienen más remedio que hacerlas.

—Entonces no son culpables —dijo Martín.

La mayoría de los jugadores, que no entendían nada de aquel lenguaje, bebían. Martín discutió con el sabio y Cándido contó una parte de sus aventuras a la dueña de la casa.

Después de haber cenado, la marquesa llevó a Cándido a su alcoba y le hizo sentarse en un canapé.

—Y bien —le dijo—, ¿seguís estando completamente enamorado de la señorita Cunegunda de Thunder-ten-tronckh?

—Sí, señora —respondió Cándido.

La marquesa, con una tierna sonrisa, le replicó:

—Me respondéis como un joven de Wesfalia; un francés me habría dicho: «Es cierto que he amado a la señorita Cunegunda, pero, viéndoos a vos, señora, temo no amarla ya».

—¡Ay, señora! —dijo Cándido—, responderé como vos queráis.

—Vuestra pasión por ella —dijo la marquesa—, empezó recogiendo su pañuelo; yo quiero que me recojáis la liga.

—De todo corazón —dijo Cándido. Y la recogió.

—Pero, quiero que me la pongáis —dijo la dama.

Y Cándido se la puso.

—¿Veis? —dijo la dama—, sois extraño; suelo hacer que mis amantes de París, algunas veces, languidezcan esperando hasta quince días; pero me entrego a vos desde la primera noche, porque hay que hacer los honores del país a un joven de Wesfalia.

Y, al ver la ramera dos enormes diamantes en los dedos de su extraño joven, los elogió de tan buena fe que de los dedos de Cándido pasaron a los de la marquesa.

Al retirarse con su abate perigordiense, Cándido sintió algún remordimiento por haber sido infiel a la señorita Cunegunda; el señor abate participó en su pena: al fin y al cabo, él no tenía que ver apenas con las cincuenta mil libras perdidas por Cándido en el juego ni en el valor de los dos brillantes, mitad dados mitad arrancados. Su objetivo era aprovecharse tanto como pudiera de las ventajas que el conocimiento de Cándido podía facilitarle. Le habló mucho de Cunegunda; y Cándido le dijo que, en cuanto la viera, en Venecia, pediría perdón a esta belleza por su infidelidad.

El perigordiense aumentaba sus cortesías y atenciones, y tomaba un interés lleno de ternura por todo lo que Cándido decía, por todo lo que hacía y quería hacer.

—Es decir, ¿tenéis una cita en Venecia?

—Sí, señor abate —dijo Cándido—, es absolutamente necesario que vaya a reunirme con la señorita Cunegunda.

Entonces, dominado por el placer de hablar de lo que amaba, contó, según su costumbre, una parte de sus aventuras con aquella ilustre wesfaliana.

—Creo —dijo el abate—, que la señorita Cunegunda tiene mucho ingenio y que escribe unas cartas encantadoras.

—Jamás he recibido ninguna —dijo Cándido—, porque pensad que, arrojado del castillo por amor a ella, no pude escribirle, ya que, poco después me enteré de que estaba muerta; más tarde la encontré, es cierto, pero la volví a perder; le he enviado, a dos mil quinientas leguas de aquí, un emisario cuya respuesta espero.

El abate escuchaba atentamente, y parecía algo pensativo. Enseguida se despidió de los dos extranjeros, tras haberlos abrazado con efusión. A la mañana siguiente, al despertarse, Cándido recibió una carta cifrada en los siguientes términos: «Señor queridísimo amante, hace ocho días que me encuentro enferma en esta ciudad; me entero de que también vos estáis aquí. Iría volando a vuestros brazos si pudiera moverme. Supe vuestro paso por Burdeos: dejé allí al fiel Cacambó y a la vieja que pronto han de reunirse conmigo. El gobernador de Buenos Aires se quedó con todo pero me queda vuestro corazón. Venid, vuestra presencia me devolverá a la vida o me hará morir de placer».

Aquella carta deliciosa, aquella carta inesperada, conmovió a Cándido con una alegría inexpresable, aunque la enfermedad de su querida Cunegunda lo abrumó de dolor. Dividido entre estos dos sentimientos, coge su oro y sus diamantes y, acompañado por Martín, se hace llevar al hotel donde la señorita Cunegunda se hospedaba. Entra temblando de emoción, su corazón palpita, su voz es un sollozo; quiere abrir las cortinas del lecho, quiere que traigan una luz:

—Ni se os ocurra —le dice la criada— la luz la mata.

E inmediatamente vuelve a ajustar del todo la cortina.

—Mi querida Cunegunda —dice Cándido llorando—, ¿cómo estáis? Si no podéis verme, habladme al menos.

—No puede hablar —dice la criada.

Entonces la dama saca del lecho una mano regordeta que Cándido rocía largo tiempo con sus lágrimas, y que luego llena de diamantes, dejando una bolsa llena de oro en el sillón.

Mientras está en todas estas emociones, llega un oficial de policía seguido del abate perigordiense y de una escuadra:

—¿Son éstos dos los extranjeros sospechosos? —pregunta.

Los hace detener de inmediato y ordena a sus hombres llevarlos a prisión.

—No es así como tratan a los viajeros en El Dorado —dice Cándido.

—Soy más maniqueo que nunca —apostilla Martín.

—Pero, señor, ¿a dónde nos lleváis? —pregunta Cándido.

—A lo más hondo de una mazmorra —responde el oficial.

Tras haber recobrado su sangre fría, Martín comprendió que la dama que se hacía pasar por Cunegunda era una truhana, el señor abate perigordiense, un truhán que había abusado en cuanto había podido de la ingenuidad de Cándido, y el oficial, otro bribón del que podrían deshacerse con facilidad.

Antes de exponerse a los procedimientos de la justicia, Cándido, iluminado por su consejo, y siempre impaciente por volver a ver a la auténtica Cunegunda, ofrece al oficial tres pequeños diamantes de unas tres mil pistolas cada uno.

—¡Ah, señor! —le dice el hombre del bastón de marfil—, aunque hubiéseis cometido todos los crímenes imaginables, seríais el hombre más honrado del mundo: ¡tres diamantes! ¡Cada uno de tres mil pistolas! ¡Señor!, me haría matar por vos en vez de llevaros a un calabozo.

La verdad es que se está deteniendo a todos los extranjeros[92], pero, dejadme hacer; tengo un hermano en Dieppe, en Normandía, os llevaré allí; y si tenéis algún diamante para darle, cuidará de vos como yo mismo.

—¿Y por qué están deteniendo a todos los extranjeros? —preguntó Cándido.

El abate perigordiense tomó, entonces, la palabra y dijo:

—Porque un miserable del país de Atrebacia[93] oyó decir tonterías; eso bastó para incitarlo a cometer un parricidio, no como el del mes de mayo de 1610, sino como el del mes de diciembre de 1594, y como muchos otros cometidos en otros meses de otros años por otros miserables que habían oído decir tonterías.

El oficial les explicó de qué iba la cosa.

—¡Ah, monstruos! —exclamó Cándido—. ¡Cómo! ¿Tales horrores en un pueblo que baila y que canta? ¿No puedo salir yo, cuanto antes, de este país donde unos monos provocan a unos tigres? En mi país vi osos, pero sólo he visto hombres en El Dorado. En nombre de Dios, señor exento, llevadme a Venecia, donde debo esperar a la señorita Cunegunda.

—Sólo puedo llevaros a la Baja-Normandía —dijo el jefe policial[94].

Inmediatamente ordena que les quiten los grilletes, dice que se ha equivocado, despide a su tropa y conduce a Cándido y a Martín hasta Dieppe y allí los deja al cuidado de su hermano. Había allí, en la rada del puerto, un pequeño barco holandés. El normando, que, con ayuda de otros tres diamantes, se había vuelto el más amable de los hombres, embarca a Cándido y a sus gentes en el barco que iba a hacerse al mar rumbo a Portsmouth, en Inglaterra. No era ése el camino de Venecia, pero Cándido creía haberse librado del infierno y contaba con poder tomar la ruta de Venecia en cuanto se le presentara la primera ocasión.

---

[92] A raíz del atentado de Damiens, nacido cerca de Arras, contra Luis XV, el 5 de enero de 1557, se sospechó que el autor era extranjero. De ahí la orden de detención.

[93] Atrebacia es el Artois, donde nació Damiens. El otro atentado que se cita es el de Ravaillac, en 1610, contra Enrique IV, que ya había recibido una puñalada en 1594 de Jean Châtel. El regicidio se consideraba parricidio. De ahí la expresión.

[94] Escribe «barigel», palabra que procede del italiano «bargello» y tiene significación despectiva de «jefe de esbirros».

CAPÍTULO XXIII

Cándido y Martín van hacia las costas de Inglaterra; lo que allí ven

—¡Ah, Pangloss! ¡Pangloss! ¡Ah, Martín! ¡Martín! ¡Ah! ¡Mi querida Cunegunda! ¿Qué es este mundo? —decía Cándido a bordo del navío holandés.

—Algo muy loco y muy abominable —respondía Martín.

—Vos conocéis Inglaterra; ¿son tan locos como en Francia?

—Es una especie distinta de locura —dijo Martín—. Ya sabéis que estas dos naciones están en guerra por algunas medias hectáreas[95] de nieve, allá en el Canadá, y que en esa famosa guerra gastan mucho más de lo que vale todo el Canadá. No me permiten mis débiles luces deciros si hay en un país más gentes que deban ser encerradas que en otro. Sólo sé que, en general, las gentes que vamos a ver son muy atrabiliarias.

Hablando de estas cosas, atracaron en Porstmouth; el gentío atestaba la orilla y miraba con suma atención a un hombre bastante gordo que estaba de rodillas y con los ojos vendados en el puente superior de uno de los navíos de la flota; cuatro soldados, apostados frente al hombre, le dispararon tres balas cada uno al cráneo con la mayor tranquilidad del mundo, y la multitud se alejó de allí enormemente satisfecha.

—¿Qué es todo esto? —preguntó Cándido—, ¿y qué demonio ejerce por todas partes su dominio?

---

[95] *Quelques arpents de neige vers le Canada,* es la expresión de Voltaire que se hizo famosa y controvertida. Se refiere a la pequeña franja de Louisburg, en la entrada del río San Lorenzo, entre Nueva Inglaterra y Nueva Francia, que quedó en tierra de nadie —y de sangre, a partir de 1714, por los combates— tras el Tratado de Utrecht. Desde esa zona se controlaba todo Canadá. *Arpente* es medida de superficie, equivale a media hectárea.

Preguntó quién era aquel hombre gordo al que acababan de matar en semejante exhibición:

—Es un almirante[96] —le respondieron.

—¿Y por qué han fusilado a ese almirante?

—Porque no ha hecho matar a tanta gente como debiera, le respondieron; libró combate contra un almirante francés y se han dado cuenta de que no se acercó bastante a él.

—Pero —dijo Cándido—, ¡el almirante francés estaba tan lejos del inglés como éste del otro!

—Sin duda, eso es irrefutable —le contestaron—, pero en este país es bueno matar, de vez en cuando, a un almirante, para estimular a los otros.

Cándido quedó tan estupefacto y tan aturdido por lo que estaba viendo y escuchando que no sólo no quiso bajar a tierra sino que llegó a un acuerdo con el capitán holandés (por más que también éste, como el de Surinam, le robó) para que lo condujera sin más demoras a Venecia.

El capitán estuvo dispuesto al cabo de dos días. Costearon Francia, pasaron a la vista de Lisboa y Cándido sintió temblores. Entraron en el Mediterráneo a través del Estrecho y, finalmente, llegaron a Venecia.

—¡Dios sea alabado! —dijo Cándido mientras daba un abrazo a Martín—; aquí veré, por fin, a la hermosa Cunegunda. Confío tanto en Cacambó como en mí mismo. Todo está bien, todo va lo mejor posible.

---

[96]   Tal como ya he señalado en la introducción, se trata del almirante John Byng, que combatió en aguas de Menorca contra el almirante francés Galissonnière. Fue ejecutado en el puente alto de su barco el 14 de marzo de 1757. Voltaire, decíamos, había intervenido en su favor con una carta de petición de indulto del duque de Richelieu. Hace coincidir la llegada de Cándido con la ejecución, con lo que quiere dar mayor verosimilitud al cuento.

CAPÍTULO XXIV

De Pascualina y fray Alhelí

En cuanto pisó Venecia, mandó buscar a Cacambó por todos los figones, cafés y burdeles; y no lo encontró. Enviaba todos los días gente a la descubierta de todos los navíos y de todos los barcos: no había noticia de Cacambó.

—¡Cómo! —le decía a Martín—; he tenido tiempo de pasar de Surinam a Burdeos, de ir de Burdeos a París, de París a Dieppe, de Dieppe a Portsmouth, de costear Portugal y España, de cruzar todo el Mediterráneo, de pasar algunos meses en Venecia y la hermosa Cunegunda no ha venido. En su lugar no he encontrado más que un pendón y un abate perigordiense. Sin duda Cunegunda ha muerto; ya sólo me queda morir. ¡Ay!, mejor me hubiera ido si me hubiera quedado en el paraíso de El Dorado que volver a esta maldita Europa. ¡Cuánta razón tenéis, mi querido Martín!: todo se queda en mera ilusión y calamidad.

Cayó en una negra melancolía y no tomó parte alguna en la ópera *alla moda* ni en las restantes diversiones del carnaval; ninguna mujer lo tentó lo más mínimo. Martín le dijo:

—Realmente, sois, en verdad, muy ingenuo si pensáis que un criado mestizo, con cinco o seis millones en sus bolsillos, va a ir en busca de vuestra amada hasta el fin del mundo para traérosla a Venecia. Si la encuentra, se quedará con ella. Si no la encuentra, tomará otra: os aconsejo que olvidéis a vuestro criado Cacambó y a vuestra amada Cunegunda.

Ciertamente, Martín no le proporcionaba consuelo. Por eso, seguramente, la melancolía de Cándido aumentó, y Martín no paraba de demostrarle que, en la tierra, había poca virtud y poca felicidad, salvo, tal vez, en El Dorado, a donde nadie podía ir.

Discutiendo sobre esta importante materia y mientras esperaba a Cunegunda, Cándido divisó en la plaza de San Marcos a un joven teatino[97] que llevaba del brazo a una muchacha. El teatino parecía lozano, regordete, fuerte; sus ojos eran brillantes, su aspecto seguro, su rostro altivo, su caminar arrogante. La mujer era muy hermosa y cantaba; miraba con amor a su teatino y, de vez en cuando, le pellizcaba en los mofletes gordezuelos.

—Estaréis de acuerdo conmigo, al menos —dijo Cándido a Martín—, en que esas personas son felices. Nunca hasta ahora encontré en toda la tierra habitable, si exceptuamos en El Dorado, más que desgraciados; sin embargo, apuesto a que esa muchacha y ese teatino son muy felices.

—Apuesto a que no —dijo Martín.

—No hay más que invitarlos a cenar —dijo Cándido—, y veréis si me equivoco.

Inmediatamente, los aborda, les presenta sus respetos y los invita a su hostería a comer macarrones, perdices de Lombardía y caviar, y a beber vino de Montepulciano, del Lacryma Christi, Chipre y Samos. La señorita se ruborizó; el teatino aceptó muy gustoso la invitación y la muchacha siguió mirando a Cándido con unos ojos de sorpresa y confusión que se vieron oscurecidos por algunas lágrimas. Apenas hubo entrado en la habitación de Cándido, ella le dijo:

—¿Cómo es eso? ¿El señor Cándido ya no reconoce a Pascualina?

Al escuchar estas palabras, Cándido, que hasta entonces no la había mirado con atención —porque su mente estaba sólo en Cunegunda—, le dijo:

—¡Ay, pobre niña! ¿Fuisteis vos quien puso al doctor Pangloss en el bonito estado en que lo vi?

—¡Ay, señor!, yo misma —dijo Pascualina—; veo que estáis al tanto de todo. Supe las espantosas desgracias que cayeron sobre toda la casa de la señora baronesa y de la hermosa Cunegunda. Os juro que mi destino casi no ha sido menos triste; yo era muy inocente cuando me conocisteis. Un franciscano, que era mi confesor, me sedujo fácilmente. Las consecuencias fueron tremendas; me vi forzada a marchar del castillo poco después de que el señor barón os echara a patadas en el trasero. Si un médico famoso no

---

[97] Los teatinos son miembros de una orden religiosa fundada en el siglo xvi por Gian Fiero Caraja, obispo, y San Cayetano de Thiennes. Uno de los grandes enemigos de Voltaire, el padre Boye, era teatino. De ahí...

se hubiera compadecido de mí, habría muerto. Agradecida, fui, por algún tiempo, amante de ese médico, pero su mujer, que estaba rabiosa por los celos, me golpeaba todos los días sin piedad; era una verdadera furia. El médico aquel era el más feo de los hombres; yo, la más desgraciada de todas las criaturas, pues era golpeada de manera habitual por culpa de un hombre al que no amaba. Ya sabéis, señor, cuán peligroso es para una mujer desabrida ser esposa de un médico. Éste, un día, harto del comportamiento de su mujer, le dio, para curarla de un ligero resfriado, una medicina tan eficaz que, apenas dos horas después moría en medio de horribles convulsiones. Los parientes de la señora le metieron un proceso criminal; él escapó, y yo, yo fui enviada a la cárcel. Si no es porque soy un poco guapa, mi sola inocencia no me habría salvado. El juez me soltó en cuanto dije sí a la condición que me puso de convertirse en el sucesor del médico. Pronto fui suplantada por una rival, echada sin premio y obligada a continuar con este oficio abominable que tan agradable parece a los hombres y que para nosotras sólo es un abismo de miserias. Vine a ejercer la profesión a Venecia. ¡Ay, señor!, si pudiérais imaginaros lo que supone verse obligada a acariciar indiferentemente a un viejo mercader, a un abogado, a un monje, a un gondolero, a un abate; estar expuesta a todos los insultos, a todas las vejaciones; verse obligada, frecuentemente, a pedir prestada una falda para hacérsela quitar por un hombre repugnante, que te robe uno lo que has ganado con otro, ser despojada por los oficiales de justicia y no tener en perspectiva más que una vejez horrorosa, un hospital y un estercolero, llegaríais a la conclusión de que soy una de las criaturas más desgraciadas del mundo.

Así abría Pascualina su corazón al bueno de Cándido, en un reservado, en presencia de Martín, que decía a Cándido:

—Ya veis que he ganado la mitad de la apuesta.

Fray Alhelí se había quedado en el comedor y tomaba una copa mientras esperaba la hora de la cena.

—¡Es que teníais un aspecto tan alegre cuando os he encontrado! —le decía Cándido a Pascualina...—. Cantábais, acariciabais al teatino con una dulzuranatural; me habíais parecido tan feliz como ahora pretendéis que sois desgraciada.

—¡Ay, señor! —respondió Pascualina—, ésa es otra de las miserias del oficio. Ayer fui robada y golpeada por un oficial, y hoy tengo que fingir buen humor para agradar a un monje.

Cándido no quiso más pruebas; confesó que Martín tenía razón. Se sentaron a la mesa con Pascualina y el teatino, y la comida fue bastante divertida, y al final hablaron con cierta confianza.

—Padre mío —dijo Cándido al monje—, me parece que gozáis de un destino que todo el mundo debe envidiar; la flor de la salud brilla en vuestro rostro, vuestra fisonomía anuncia la felicidad; tenéis una joven hermosísima para solaz vuestro y parecéis muy satisfecho de vuestro estado de teatino.

—A fe mía, señor —dijo fray Alhelí—, que me gustaría que todos los teatinos fueran arrojados al fondo del mar. Cien veces he sentido la tentación de prender fuego al convento y hacerme turco. A los quince años, mis padres me obligaron a endosarme esta ropa detestable para dejar, así, mayor fortuna a un maldito hermano mayor, ¡al que Dios confunda! Los celos, la discordia, la ira habitan en el convento. Cierto que he predicado algunos malos sermones que me han procurado algún dinero, del que el prior me roba la mitad; el resto me sirve para mantener mujeres; pero cuando, por la noche, regreso al monasterio, con gusto me rompería la cabeza contra las paredes del dormitorio; y todos mis cofrades se encuentran en el mismo caso.

Volviéndose hacia Cándido, con su sangre fría habitual, Martín le dijo:

—Bueno, ¿no crees que ya he ganado la apuesta entera?

Cándido dio dos mil piastras a Pascualina y mil piastras a fray Alhelí.

—Os aseguro —dijo—, que con esto serán felices.

—No lo creo —dijo Martín—; quizá con esas piastras los hagáis más desgraciados todavía.

—Pasará lo que tenga que pasar —dijo Cándido—; de todos modos, hay una cosa que me consuela: a veces uno encuentra personas que no esperaba volver a encontrar nunca; bien puede suceder que después de encontrar mi carnero rojo y a Pascualina, encuentre también a Cunegunda.

—Deseo que vuestra amada os haga feliz algún día —dijo Martín—, pero lo dudo mucho.

—Sois muy duro —dijo Cándido.

—Es que he vivido —respondió Martín.

—Pero esos gondoleros —dijo Cándido—, ¿no cantan sin cesar?

—No los véis en su hogar, con sus mujeres y con los niños chillando—dijo Martín—. El dogo tiene sus pesares y los gondoleros los suyos. Cierto que, considerando todo, es preferible el destino de un gondolero que el de un dogo; mas creo que la diferencia es tan pequeña que no vale la pena examinarla.

—Se habla —dijo Cándido—, del senador Pococurante, que vive en ese hermoso palacio a orillas del Brenta[98], y que recibe bastante bien a los extranjeros. Se insiste en que es un hombre que nunca ha tenido penas.

—Me gustaría ver una especie tan rara —dijo Martín.

Inmediatamente, Cándido hizo pedir al señor Pococurante licencia para visitarlo al día siguiente.

---

[98] Pococurante: nombre ficticio que, en italiano, significa «que no se toma interés en las cosas». El Brenta es un río del nordeste de Italia, al borde del cual abundan los palacios de verano de los nobles venecianos.

CAPÍTULO XXV

Visita a la casa del señor Pococurante, noble veneciano

Cándido y Martín fueron en góndola por el Brenta y llegaron al palacio del noble Pococurante. Los jardines estaban bellamente trazados y adornados con hermosas estatuas de mármol; el palacio era de bella arquitectura. El dueño de la casa, hombre de sesenta años, riquísimo, recibió con mucha cortesía a los dos curiosos, pero también con evidente falta de entusiasmo, lo cual desconcertó a Cándido pero no desagradó a Martín. De entrada, dos bonitas muchachas, elegantemente vestidas, sirvieron chocolate que hicieron espumar muy bien. Cándido no pudo por menos de alabar su belleza, su gracia y su habilidad.

—Son muy buenas criaturas, dijo el señor Pococurante; a veces las hago acostarse en mi cama, porque estoy hastiado de las mujeres de la ciudad, de sus coqueterías, de sus celos, de sus peleas, de sus humores, de sus bajezas, de su orgullo, de sus tonterías, y de los sonetos que hay que hacer o encargar para ellas; pero, al fin, también estas dos muchachas empiezan a aburrirme.

Tras el almuerzo, cuando paseaba Cándido por una larga galería, quedó sorprendido por la belleza de los cuadros. Preguntó qué maestro era el autor de los dos primeros.

—Son de Rafael, dijo el senador; los compré muy caros, hace unos años, por pura vanidad; dicen que es lo más hermoso que hay en Italia, pero no me gustan nada; el color está muy oscurecido; las figuras ni están suficientemente perfiladas, ni destacan bastante; los paños no se parecen en nada a una tela; en una palabra: por más que digan, no encuentro en ellos una verdadera imitación de la naturaleza. Para que me guste un cuadro, debo ver en él la naturaleza al vivo; no los hay de esa clase. Tengo muchos cuadros, pero ni siquiera los miro.

Mientras llegaba la hora de la cena, Pococurante mandó que sus músicos dieran un concierto. Cándido encontró la música deliciosa.

—Ese ruido, dijo Pococurante, puede divertir media hora; pero si dura más tiempo, cansa a todo el mundo, por más que nadie se atreva a confesarlo. Hoy, la música no es más que el arte de ejecutar cosas difíciles, y lo que sólo es difícil, a la larga, no agrada.

Tal vez me gustaría más la ópera si no hubieran encontrado el secreto para hacer de ella un monstruo que me indigna. Vaya quien quiera a ver malas tragedias en música, donde las escenas sólo están hechas para incorporar, de manera poco afortunada, dos o tres canciones ridículas para que luzca la garganta de una actriz; que se desmaye de placer quien quiera, o quien pueda, viendo a un castrado tararear el papel de César y de Catón, y pasear con paso torpe sobre las tablas; por lo que a mí respecta, hace tiempo que he renunciado a estas pobreterías que constituyen, hoy en día, la gloria de Italia y que tan caras pagan los soberanos.

Cándido discutió algo, pero con discreción. Martín estuvo totalmente de acuerdo con el senador.

Se sentaron a la mesa, y después de una excelente cena, pasaron a la biblioteca. Cándido, al ver un Homero magníficamente encuadernado, alabó a su ilustrísima por su buen gusto.

—He ahí un libro —dijo—, que haría las delicias del gran Pangloss, el mejor filósofo de Alemania.

—No hace las mías —dijo con frialdad Pococurante—; en otro tiempo, me hicieron creer que sacaba placer leyéndolo; pero esa repetición continua de combates todos parecidos, esos dioses que están siempre actuando para no hacer nada decisivo, esa Elena que es la causa de la guerra y que apenas es una actriz de la pieza; esa Troya que está sitiada y que no toman, todo eso me causa el más mortal de los aburrimientos. Algunas veces he preguntado a los sabios si se aburrían tanto como yo con esa lectura. Todas las personas sinceras me han confesado que el libro se les caía de las manos, pero que había que tenerlo en la biblioteca, como un monumento de la antigüedad y como mis roñosas medallas, que no pueden ni venderse.

—Supongo que no pensará Vuestra Excelencia lo mismo de Virgilio —dijo Cándido.

—Admito —dijo—, que el segundo, el cuarto y el sexto libro de su *Eneida* son excelentes, pero por lo que se refiere a su piadoso Eneas, y al fuerte Cloanto, y al amigo Acates, y al pequeño Ascanio, y al estúpido rey Latino, y a la burguesa Amata, y a la insípida Lavinia, no creo que haya nada tan frío ni tan desagradable. Prefiero el Tasso y los cuentos para dormir de pie del Ariosto.

—¿Puedo preguntaros, señor —dijo Cándido—, si os agrada mucho leer a Horacio?

—Hay máximas suyas —dijo Pococurante—, que pueden ser de provecho para un hombre de mundo, y que, encerradas en versos enérgicos, se graban más fácilmente en la memoria; pero deja frío su viaje a Brindisí, y su descripción de una mala cena, y de la pelea de ganapanes entre no sé qué Pupilus, cuyas palabras, según dice, estaban llenas de pus, y otro cuyas palabras eran de vinagre. Con gran disgusto he leído sus groseros versos contra las viejas y las brujas, y no veo qué mérito pueda haber en decir a su amigo Mecenas que, si le coloca en el rango de los poetas líricos, herirá los astros con su frente sublime. Los tontos lo admiran todo en un autor estimado; yo sólo leo para mí, no me gusta más que lo que me acomoda.

Cándido, que había sido educado para no juzgar nunca nada por sí mismo, estaba muy asombrado ante lo que oía, y Martín encontraba la manera de pensar de Pococurante bastante razonable.

—¡Oh!, ahí tenemos un Cicerón —dijo Cándido—; pienso que no os cansaréis de leer a este gran hombre.

—No lo leo nunca —respondió el veneciano—. ¿Qué me importa que haya defendido a Rabirio o a Cluencio? Ya tengo bastante con los procesos que yo juzgo; me habrían gustado más sus obras filosóficas, pero cuando vi que dudaba de todo, deduje que yo sabía tanto como él, y que no necesitaba de nadie para ser ignorante.

—¡Ah!, aquí hay ochenta volúmenes de folletos de una academia de ciencias —exclamó Martín—. Puede ser que haya alguno bueno.

—Lo habría —dijo Pococurante—, si uno solo de los autores de ese fárrago hubiera inventado el arte de fabricar alfileres; pero en todos esos libros no hay más que métodos vacuos y ni una sola cosa útil.

—¡Cuántas piezas de teatro veo ahí!, dijo Cándido. En italiano, en español, en francés.

—Sí —dijo el senador—, hay tres mil, y ni siquiera hay trece buenas. En cuanto a esas colecciones de sermones, que todos juntos no valen lo que una página de Séneca, y todos esos gruesos volúmenes de teología, nunca los abro, ni yo ni nadie, como bien supondréis.

119

Martín vio unas estanterías llenas de libros ingleses.

—Creo —dijo—, que un republicano debe sentirse complacido con la mayoría de estas obras escritas con tanta libertad.

—Sí —respondió Pococurante—, es hermoso escribir lo que se piensa; es el privilegio del hombre. En toda nuestra Italia no se escribe más que lo que no se piensa; los que habitan la patria de los Césares y de los Antoninos no se atreven a tener una idea sin el permiso de un dominico. Estaría contento con la libertad que inspiran los genios ingleses si la pasión y el espíritu de partido no corrompieran todo lo que esa preciosa libertad tiene de estimable.

Viendo un Milton[99], Cándido le preguntó si no veía a este autor como un gran hombre.

—¿Quién? —dijo Pococurante—, ¿ese bárbaro que hace un largo comentario del primer capítulo del Génesis en diez libros de versos duros, ese grosero imitador de los griegos, que desfigura la creación y que, mientras Moisés representa al Ser eterno creando el mundo mediante la palabra, él hace que el Mesías coja de un armario del cielo un gran compás para trazar su obra? ¿Cómo iba a estimar yo al que ha echado a perder el infierno y el diablo del Tasso, al que disfraza a Lucifer unas veces de sapo y otras de pigmeo, al que le hace repetir cien veces los mismos discursos, al que le hace discutir sobre teología, al que, imitando en serio la cómica invención de las armas de fuego del Ariosto, hace que los diablos disparen el cañón en el cielo? Ni yo ni nadie en Italia ha podido complacerse con esas tristes extravagancias. El matrimonio del pecado y de la muerte y las culebras que el pecado da a la luz hacen vomitar a todo hombre de gusto medianamente delicado, y su larga descripción de un hospital sólo sirve para un enterrador. Ese poema oscuro, extravagante y desagradable, fue despreciado cuando nació; yo, hoy, lo trato como fue tratado en su patria por los contemporáneos. Por lo demás, digo lo que pienso, y me preocupa muy poco que los demás piensen como yo.

Cándido se sentía dolido por estas palabras: él respetaba a Homero y le gustaba un poco Milton.

—¡Ay! —dijo en voz baja a Martín—, mucho me temo que este hombre desprecie soberanamente a nuestros poetas alemanes.

---

[99] Conocida es la tirria que profesaba Voltaire a MILTON (1608-1674), autor, entre otras obras, de *El paraíso perdido* y *Areopagitica*.

—No cometería un pecado grave con ello —dijo Martín.

—¡Oh, qué hombre superior! —decía aún Cándido entre dientes—. ¡Qué gran genio es este Pococurante. Nada le gusta.

Tras haber pasado revista de esta forma a todos los libros, bajaron al jardín. Cándido elogió todas sus bellezas.

—No conozco nada de peor gusto —dijo el dueño—; aquí no tenemos más que menudencias; pero mañana mismo mandaré plantar otro de un diseño más noble.

—Cuando los dos curiosos se despidieron de Su Excelencia —dijo Cándido a Martín:

—Ahora sí que admitiréis que es el más feliz de todos los mortales, porque está por encima de todo lo que posee.

—¿No veis —dijo Martín—, que está asqueado de todo lo que tiene? Hace ya mucho tiempo, Platón dijo que los mejores estómagos no son los que rechazan todos los alimentos.

—Pero, ¿no hay placer en criticar todo, en sentir defectos donde los demás hombres creen ver hermosuras? —dijo Cándido.

—Es decir —continuó Martín—, ¿que hay placer en no tener placer?

—Bueno —dijo Cándido—, según eso, no hay nadie más feliz que yo cuando vuelva a ver a la señorita Cunegunda.

—Siempre es bueno esperar —dijo Martín.

Sin embargo, transcurrían los días, las semanas. Cacambó no volvía, y Cándido estaba tan sumergido en su dolor que no paró mientes siquiera en que ni Pascualina ni fray Alhelí habían vuelto a darle las gracias.

CAPÍTULO XXVI

De una cena que Cándido y Martín
hicieron con seis extranjeros y quiénes eran

Una tarde, cuando Cándido, acompañado por Martín, iba a sentarse a la mesa con los extranjeros que se alojaban en la misma hostería, un hombre de rostro color carbón lo abordó por la espalda y, cogiéndolo del brazo, le dijo:

—Preparaos para venir con nosotros, no faltéis.

Se vuelve y ve a Cacambó. Sólo la vista de Cunegunda podía sorprenderle y agradarle más. Estuvo a punto de enloquecer de alegría. Abraza a su querido amigo:

—¿Seguro que Cunegunda está aquí? ¿Dónde está? Llévame con ella para morir de alegría a su lado.

—Cunegunda no está aquí —dice Cacambó—, está en Constantinopla.

—¡Ah, cielos, en Constantinopla! Pero aunque estuviera en China, allá volaría; partamos.

—Partiremos después de cenar —continuó Cacambó—; no puedo deciros más; soy esclavo, mi amo me espera; debo ir a servirle a la mesa; no digáis una palabra; cenad y estad preparado.

Cándido, dividido entre la alegría y el dolor, encantado de haber vuelto a ver a su fiel agente, asombrado de verlo esclavo, poseído por la idea de encontrar nuevamente a su amada, con el corazón agitado y el alma en suspenso, se sentó a la mesa con Martín, que contemplaba, con sangre fría, todas estas aventuras, y con seis extranjeros que habían ido para pasar el carnaval en Venecia.

Cacambó, que servía de beber a uno de aquellos extranjeros, se acercó al oído de su amo, al final de la cena, y le dijo:

—Señor, Vuestra Majestad puede partir cuando quiera; el barco está dispuesto.

Tras haber dicho estas palabras, salió. Los comensales, asombrados, se miraban sin proferir una sola palabra, cuando otro criado, acercándose a su amo le dijo.

—Señor, el carruaje de Vuestra Majestad está en Padua, y la barca lista.

El amo hizo una señal, y el criado se fue. Todos los comensales volvieron a mirarse, y la sorpresa general aumentó. Un tercer criado, acercándose también a un tercer extranjero, le dijo:

—Señor, creedme, Vuestra Majestad no debe permanecer aquí más tiempo; voy a prepararlo todo.

E inmediatamente desapareció.

Cándido y Martín no tuvieron ninguna duda de que aquello era una mascarada de carnaval. El cuarto doméstico dijo al cuarto amo:

—Vuestra Majestad puede partir cuando quiera.

Y salió como los otros. El quinto criado dijo otro tanto al quinto amo. Pero el sexto criado habló de forma diferente al sexto extranjero, que estaba junto a Cándido, le dijo:

—Por mi fe, sire, ya no quieren darnos más crédito ni a Vuestra Majestad ni a mí, y esta noche, tanto vos como yo, podríamos ser encarcelados; me voy a disponer mis asuntos; adiós.

Una vez desaparecidos todos los criados, los seis extranjeros, Cándido y Martín permanecieron en silencio total. Finalmente, fue Cándido quien lo rompió:

—Señores, he aquí una broma bien singular —dijo—. ¿Es que sois todos reyes? Por mi parte, os confieso que ni yo ni Martín lo somos.

Fue el señor de Cacambó quien, con seriedad, intervino, para decir en italiano:

—No soy ningún bromista; me llamo Acmet III[100]. Fui gran sultán muchos años; destroné a mi hermano; mi sobrino me destronó a mí; a mis visires les cortaron el cuello, y yo acabo mi vida en el viejo serrallo; mi sobrino, el gran sultán Mahmud, me permite, algunas veces, viajar para reponer mi salud, y he venido a pasar el carnaval en Venecia.

---

[100] Sultán turco, destronado por los jenízaros en 1730.

Después, habló un joven que estaba al lado de Acmet, y dijo:

—Yo me llamo Iván[101], y fui emperador de todas las Rusias; me destronaron en la cuna; mi padre y mi madre fueron encerrados; me educaron en prisión; a veces me permiten viajar, acompañado de mis guardianes, y he venido a pasar el carnaval en Venecia.

El tercero dijo:

—Yo soy Carlos Eduardo[102], rey de Inglaterra; mi padre me cedió sus derechos al reino; combatí para sostenerlos; arrancaron el corazón a ochocientos de mis fieles, y con él les abofetearon el rostro; yo fui encarcelado. Voy a Roma a visitar al rey mi padre, destronado igual que yo y que mi abuelo, y he venido a pasar el carnaval en Venecia.

El cuarto tomó entonces la palabra y dijo.

—Yo soy el rey de los polacos[103]; la suerte de la guerra me privó de mis estados hereditarios; mi padre sufrió los mismos reveses; yo me resigno a lo que dispone la Providencia, como hacen el sultán Acmet, el emperador Iván y el rey Carlos Eduardo, a quienes Dios dé larga vida, y he venido a pasar el carnaval en Venecia.

El quinto dijo:

—Yo también soy rey de los polacos[104]; perdí mi reino dos veces; pero la Providencia me dio otro Estado en el que he hecho más que todos los reyes de Sármatas juntos pudieron hacer nunca a orillas del Vístula; también yo acepto lo que disponga la Providencia, y he venido a pasar el carnaval en Venecia.

Quedaba por hablar el sexto monarca:

—Señores, dijo, yo no soy tan gran señor como vosotros; pero también fui rey como cualquier otro. Soy Teodoro[105]; me eligieron rey

---

[101] Ivan VI Antónovich, destronado por Isabel, hija de Pedro el Grande, asesinado en 1764 por orden de Catalina II.

[102] Hijo de Jacobo II Estuardo (1720-1788), quiso recuperar el trono inglés en 1745, mientras Inglaterra estaba en guerra con Francia.

[103] Augusto III elector de Sajonia y rey de Polonia, al que Federico II, amigo de Voltaire, echó de sus estados en 1756.

[104] Stanislas Leczinski, rey de Polonia (1703-1709); destronado, se refugió en Francia y Luis XV, su yerno, le dio el ducado de Lorena (1738). En 1748, Voltaire vivió una temporada en su corte de Nancy.

[105] Teodoro, barón de Neuhoff (1694-1756), aventurero al servicio de la corte sueca, apoyó la revuelta de los corsos contra Génova y fue proclamado rey de Córcega en varias ocasiones. Encarcelado por deudas en Inglaterra, muere allí en 1756. Voltaire juega con las fechas para hacer que el lector se sitúe en Venecia en el carnaval de 1757; alguno de los citados, sin embargo, ya había muerto por esas fechas. Es el caso del propio Teodoro.

en Córcega; me llamaban Vuestra Majestad y ahora apenas me llaman Señor. Acuñé moneda, y no poseo ni un denario; tuve dos secretarios de Estado, y apenas tengo un criado, me vi sobre un trono, y he pasado mucho tiempo encarcelado en Londres sobre un camastro de paja. Tengo miedo a que me den aquí el mismo trato, aunque, como Vuestras Majestades, he venido a pasar el carnaval en Venecia.

Los otros cinco reyes escucharon este discurso con noble compasión. Cada uno dio veinte zequíes al rey Teodoro para que tuviera ropa y camisas; Cándido le regaló un diamante de dos mil zequíes.

—¿Quién es este simple particular que puede dar cien veces más que cada uno de nosotros, y lo da? —decían los cinco reyes.

En el momento en que levantaban la mesa, llegaron a la misma hostería cuatro altezas serenísimas que también habían perdido sus estados por mor de la guerra, y que venían a pasar el resto del carnaval en Venecia. Pero Cándido ni se fijó en los recién llegados. Sólo le preocupaba ir en busca de su querida Cunegunda a Constantinopla.

CAPÍTULO XXVII

Viaje de Cándido a Constantinopla

El fiel Cacambó ya había conseguido del patrón turco que llevaba de vuelta al sultán Acmet a Constantinopla que aceptara a bordo a Cándido y a Martín. Uno y otro se dirigieron allí tras haberse prosternado ante Su miserable Alteza.

Mientras iban hacia allá, Cándido le decía a Martín:

—¡He ahí, sin embargo, a seis reyes destronados, con quienes hemos cenado!, ¡y encima, de estos seis, a uno le he dado limosna! En cuanto a mí, sólo he perdido cien corderos, y vuelo a los brazos de Cunegunda. Mi querido Martín, una vez más repito que Pangloss tenía razón: todo está bien.

—Lo estoy deseando —dijo Martín.

—Hemos vivido en Venecia —dijo Cándido—, una aventura como para no creérsela. Nunca se había visto ni oído contar que seis reyes destronados cenasen juntos en una taberna.

—No resulta más extraordinario —dijo Martín—, que la mayoría de las cosas que nos han pasado. Es muy frecuente que los reyes sean destronados; y respecto al honor que hemos tenido de cenar con ellos, es una pequeñez que no merece más atención.

Apenas llegó Cándido al navío, saltó al cuello de su antiguo criado, de su amigo Cacambó:

—¿Y bien? —le dijo—. ¿Qué hace Cunegunda? ¿Sigue siendo un prodigio de belleza? ¿Me ama todavía? ¿Cómo se encuentra? Sin duda le habrás comprado un palacio en Constantinopla.

—Mi querido amo —respondió Cacambó—, Cunegunda lava platos a orillas de la Propóntida[106], en casa de un príncipe que tiene pocos platos; es esclava de un antiguo soberano, llamado Ra-

---

[106] Antiguo nombre del mar de Mármara.

gotski[107], a quien el Gran Turco, en su destierro, da tres escudos diarios; pero lo más triste es que ha perdido su belleza y se ha vuelto horriblemente fea.

—¡Ah!, hermosa o fea —dijo Cándido—, yo soy un hombre honrado y mi deber es amarla siempre. Pero, ¿cómo puede verse reducida a un estado tan deplorable teniendo los cinco o seis millones que tú le diste?

—Bueno —dijo Cacambó—, ¿no tuve que dar dos millones al señor don Fernando de Ibarra, y Figueroa, y Mascareñas, y Lampourdos, y Souza, gobernador de Buenos Aires, para poder recuperar a la señorita Cunegunda? ¿Y no nos despojó del resto, con alegría, un pirata que nos llevó al cabo de Matapán[108], a Milo, a Nicaria, a Samos, a Petra, a los Dardanelos, a Márrnara y a Escútari? Cunegunda y la vieja sirven en casa del príncipe de que os he hablado, y yo soy esclavo del sultán destronado.

—¡Qué espantosas calamidades, encadenadas unas a otras! —dijo Cándido—. Pero después de todo, aún me quedan algunos diamantes. Liberaré fácilmente a Cunegunda. Es una lástima que se haya vuelto tan fea.

Luego, volviéndose hacia Martín, dijo:

—¿Quién pensáis que es más digno de compasión, el emperador Acmet, el emperador Iván, el rey Carlos Eduardo, o yo?

—De eso no sé nada —dijo Martín—; tendría que estar dentro de vuestros corazones para saberlo.

—¡Ay! —dijo Cándido—; si Pangloss estuviera aquí, lo sabría y nos lo diría.

—No sé —dijo Martín—, con qué balanza vuestro Pangloss hubiera podido pesar los infortunios de los hombres y sus dolores. Lo que yo sospecho es que hay millones de hombres en la tierra cien veces más dignos de compasión que el rey Carlos Eduardo, el emperador Iván y el sultán Acmet.

—Pudiera ser —dijo Cándido.

---

[107] Ragotski, Rakoczi, príncipe de Transilvania, que, ayudado por Luis XIV, se rebeló contra el emperador de Alemania. Se retiró al mar de Mármara tras la derrota que sufrió.

[108] El cabo Matapán está al sur de Grecia, en el Peloponeso. Milo, Nicaria y Samas son islas, también griegas; Petra es ruina histórica en la actual Jordania; Scútari (Escútari) se encuentra en el Bósforo frente a Estambul.

En pocos días llegaron al canal del mar Negro. Cándido empezó rescatando a Cacambó, eso sí, a precio carísimo; y, sin pérdida de tiempo, se lanzó a una galera, con sus compañeros, para ir a la costa de la Propóntida en busca de Cunegunda, por fea que pudiera estar.

Había, entre los remeros, dos forzados que remaban muy mal y a los que el oficial de la tropa de la galera aplicaba de vez en cuando algunos golpes de látigo de nervio de buey sobre los hombros desnudos; por un impulso natural, Cándido los miró con más atención que a los otros galeotes y se acercó, compadecido, a ellos. Algunos rasgos de sus rostros desfigurados le parecieron tener alguna semejanza con Pangloss y con aquel desgraciado jesuita, el barón, hermano de la señorita Cunegunda. Esta idea lo conmovió y lo entristeció. Los contempló con mayor atención todavía.

—Verdaderamente —le dijo a Cacambó—, si no hubiera visto colgado al maestro Pangloss y no hubiera tenido la desgracia de haber matado al barón, creería que son esos que están remando en esta galera.

Al oír lo del barón y lo de Pangloss los dos forzados lanzaron un gran grito, se quedaron quietos en su banco y dejaron caer los remos. El oficial de la tropa acudió corriendo y empezaron a llover sobre ellos los golpes de látigo.

—Deteneos, deteneos, señor —exclamó Cándido—, os daré todo el dinero que queráis.

—¡Cómo, es Cándido! —decía uno de los forzados.

—¡Cómo, es Cándido! —decía el otro.

—¿Se trata de un sueño? —dijo Cándido—. ¿Estoy dormido? ¿Estoy en esta galera? ¿Es ése el señor barón al que maté? ¿Es ése el maestro Pangloss a quien vi ahorcar?

—Somos nosotros, somos nosotros mismos —respondieron ellos.

—¡Cómo! ¿Está ahí ese gran filósofo? —decía Martín.

—¡Eh, señor oficial!, ¿cuánto queréis por el rescate del señor de Thunder-ten-tronckh, uno de los primeros barones del imperio, y del señor Pangloss, el metafísico más profundo de Alemania?

—Perro cristiano —respondió el capataz—, puesto que esos dos perros de forzados cristianos son barones y metafísicos, cosa que, sin duda, es una gran categoría en su país, me darás por ellos cincuenta mil zequíes.

—Los tendréis, señor; llevadme como un rayo a Constantinopla, y seréis pagado en el acto. Pero no, llevadme a casa de la señorita Cunegunda.

Respondiendo a la primera oferta de Cándido el oficial ya había puesto proa hacia la ciudad, y hacía remar a mayor velocidad de la que un pájaro gasta para abrir los cielos.

Cándido abrazó cien veces al barón y a Pangloss.

—¿Y cómo no os maté, mi querido barón? ¿Y cómo, mi querido Pangloss, estáis vivo después de haber sido ahorcado? ¿Y por qué estáis los dos en las galeras de Turquía?

—¿Es cierto que mi querida hermana está en ese país? —preguntaba el barón.

—Sí —respondía Cacambó.

—Vuelvo a ver a mi querido Cándido —exclamaba Pangloss.

Cándido les presentó a Martín y a Cacambó. Todos se abrazaban, todos hablaban a la vez. La galera volaba, ya estaban en el puerto. Hicieron venir a un judío, a quien Cándido vendió por cincuenta mil zequíes un diamante que valía cien mil, y que le juró por Abraham que no podía darle más. Pagó, acto seguido, el rescate del barón y de Pangloss. Éste se arrojó a los pies de su liberador y los bañó con sus lágrimas; el otro le dio las gracias con un gesto de cabeza, y le prometió devolverle aquel dinero en la primera ocasión.

—Pero, ¿es posible que mi hermana esté en Turquía? —decía.

—Nada más cierto —replicó Cacambó—, puesto que friega platos en casa de un príncipe de Transilvania.

Inmediatamente hicieron venir a dos judíos. Cándido vendió más diamantes todavía; y todos volvieron a partir en otra galera para ir a rescatar a Cunegunda.

CAPÍTULO XXVIII

Lo que les pasó a Cándido, a Cunegunda, a Pangloss, a Martín, etc.

—Perdón una vez más —dijo Cándido al barón—; perdón, mi reverendo padre, por haberos dado una gran estocada que os atravesó.

—No hablemos más de ello —dijo el barón—; confieso que me puse demasiado nervioso; pero, puesto que queréis saber por qué azar me habéis visto en galeras, os diré que, después de haber sido curado de mi herida por el hermano boticario de la comunidad, fui atacado y secuestrado por una patrulla española; me encarcelaron en Buenos Aires cuando mi hermana acababa de salir de allí. Pedí volver a Roma junto al padre general. Fui nombrado limosnero del señor embajador de Francia en Constantinopla. No hacía ocho días que me había puesto a ello cuando, al atardecer, encontré a un joven icoglán[109] de cuerpo muy bien conformado. Hacía mucho calor: el joven quiso bañarse; aproveché la ocasión para hacerlo yo mismo. No sabía que fuera crimen capital para un cristiano que lo sorprendan, desnudo del todo, en compañía de un joven musulmán. Un cadí[110] ordenó que me diesen cien bastonazos en la planta de los pies y me condenó a galeras. No creo que nunca se haya cometido más horrible injusticia. De todos modos, lo que me gustaría saber es por qué mi hermana sirve en las cocinas de un soberano de Transilvania refugiado entre los turcos.

—Y vos, mi querido Pangloss —dijo Cándido—, ¿cómo es posible que vuelva a veros?

—Es cierto que visteis cómo me colgaban —dijo Pangloss—; lo lógico era que me quemaran, pero recordaréis que llovía a cántaros cuando iban a asarme; la tormenta fue tan violenta que, cansados de intentar encender fuego, me colgaron porque no se pudo hacer otra

---

[109]   Icoglán: paje del serrallo del sultán.
[110]   Juez musulmán.

cosa mejor. Un cirujano compró mi cuerpo, me llevó a su casa y se dispuso a disecarme. Primero me hizo una incisión en cruz desde el ombligo hasta la clavícula. No se podía haber sido peor ahorcado de lo que yo lo había sido. El ejecutor de las obras de arte de la Santa Inquisición, que era subdiácono, quemaba a las gentes a las mil maravillas, pero no tenía costumbre de ahorcar; la cuerda estaba mojada y se deslizó mal, quedó frenada; en suma, yo seguí respirando. La incisión en cruz me hizo soltar un grito tan grande que mi cirujano se cayó para atrás y creyó que estaba disecando al diablo y, muerto de miedo, escapó y, en la fuga, se cayó por la escalera. Su mujer, que estaba en un aposento contiguo, acudió al oír el follón; me vio tendido en la mesa, con mi incisión en cruz, y sintió más miedo aún que su marido; así que huyó y acabó cayendo sobre él. Cuando empezaron a recobrar el sentido, pude oír que la cirujana le decía al cirujano:

—Pero, hombre, ¿cómo se te ocurre disecar a un hereje? ¿No sabes que esas gentes siempre tienen el diablo en su cuerpo? Ahora mismo voy en busca de un sacerdote para exorcizarlo.

Al oír esto, me estremecí, y reuní las pocas fuerzas que me quedaban para gritar.

—¡Tened piedad de mí!

Finalmente, el barbero portugués se repuso, le hizo un cosido a mi piel; su mujer se encargó de cuidarme y, pasados quince días, ya pude levantarme. El barbero me encontró un trabajo, y me hizo lacayo de un caballero de Malta que iba a Venecia; pero no teniendo mi amo con qué pagarme, entré al servicio de un mercader veneciano y lo seguí a Constantinopla.

—Un día se me ocurrió entrar en una mezquita; sólo había en ella un viejo imán y una joven devota muy hermosa, que decía sus padrenuestros[111]; su escote dejaba todo al aire; entre las dos tetas tenía un hermoso ramillete de tulipanes, rosas, anémonas, ranúnculos, jacintos y de orejas de oso; dejó caer su ramillete y yo lo recogí y se lo entregué con una muy respetuosa solicitud. Tardé tanto tiempo en dárselo que el imán se enfureció y, viendo que yo era cristiano, pidió ayuda a gritos. Me llevaron ante el cadí, que mandó que me dieran cien golpes de vara en la planta de los pies y me envió a galeras. Fui encadenado

---

[111]   *Paternoster,* sería, en efecto, «Padrenuestro(s)», pero está claro que, con ironía, se refiere a las oraciones propias de la religión mahometana.

precisamente en la misma galera y en la misma bancada que el señor barón. Había en la galera cuatro jóvenes de Marsella, cinco sacerdotes napolitanos, y dos monjes de Corfú que nos dijeron que parecidas aventuras ocurren todos los días. El señor barón pretendía haber sufrido una injusticia mayor que la mía; yo pretendía que era más legal poner un ramillete de flores en el escote de una mujer que estar en cueros en compañía de un icoglán. Disputábamos a todas horas y recibíamos veinte latigazos al día, hasta que la sucesión de los hechos de este universo os trajo a nuestra galera, y nos rescatásteis.

—Y bien, mi querido Pangloss —le dijo Cándido—, cuando os colgaban, os disecaban, os molían a palos y remabais en las galeras, ¿seguíais pensando que todo lo que pasaba era lo mejor del mundo?

—Sigo manteniendo mi idea originaria —respondió Pangloss—, porque, en definitiva, yo soy filósofo: no me conviene rectificar, no pudiendo haberse equivocado Leibniz, y siendo, como es, la armonía preestablecida la cosa más hermosa del mundo, como lo son la plenitud y la materia sutil[112].

---

[112] Nuevas y despectivas alusiones de Voltaire a doctrinas de sus más odiados filósofos: la armonía preestablecida de Leibniz, la imposibilidad del vacío y los «remolinos de materia sutil» de Descartes.

CAPÍTULO XXIX

De cómo Cándido volvió a encontrar a Cunegunda y a la vieja

Mientras Cándido, el barón, Pangloss, Martín y Cacambó se contaban sus aventuras, mientras razonaban sobre los sucesos contingentes o no contingentes de este universo, mientras disputaban sobre los efectos y las causas, sobre el mal moral y sobre el mal metafísico, sobre la libertad y la necesidad, sobre los consuelos que pueden darse aun estando en las galeras de Turquía, atracaron en la orilla de la Propóntida junto a la casa del príncipe de Transilvania. Lo primero que vieron fue a Cunegunda y a la vieja que tendían toallas en cuerdas para que se secaran. El barón palideció al verla. El tierno amante Cándido, viendo a su hermosa Cunegunda renegrida, con los ojos legañosos, el pecho seco, las mejillas llenas de arrugas, los brazos enrojecidos y escamosos, horrorizado, retrocedió tres pasos, pero avanzó, enseguida, por cortesía. Ella abrazó a Cándido y a su hermano; abrazaron a la vieja; y Cándido rescató a las dos mujeres.

Había una pequeña alquería en la vecindad; la vieja propuso a Cándido asentarse en ella, a la espera de que todo el grupo encontrara mejor destino. Cunegunda no sabía que se había afeado; nadie se lo había dicho; recordó a Cándido sus promesas en un tono tan resuelto que el buen Cándido no se atrevió a negarse. Así pues, dijo al barón que iba a casarse con su hermana.

—No consentiré nunca una bajeza tal por parte de ella y una insolencia tal por la vuestra; nunca me podrán reprochar semejante infamia; los hijos de mi hermana no podrán entrar nunca en los capítulos de la nobleza alemana. Nunca mi hermana se casará con alguien que no sea un barón del Imperio[113].

---

[113] Sacro Imperio Romano-Germánico.

Cunegunda se echó a sus pies y los bañó con sus lágrimas; él se mostró inflexible:

—Amo estúpido —le dijo Cándido—, te he librado de galeras, he pagado tu rescate y el de tu hermana; ella fregaba platos aquí, es fea, tengo la bondad de hacerla mi mujer, ¿y todavía pretendes oponerte? Volvería a matarte si me dejara llevar por mi cólera.

—Puedes matarme otra vez —dijo el barón—, pero no te casarás con mi hermana mientras yo viva.

CAPÍTULO XXX

Conclusión

En el fondo de su corazón, Cándido no tenía ninguna gana de casarse con Cunegunda. Pero la extrema impertinencia del barón lo llevaba a aferrarse a su idea del matrimonio, y Cunegunda lo presionaba con tanta viveza que no podía echarse atrás. Consultó a Pangloss, a Martín y al fiel Cacambó. Pangloss hizo un hermoso informe probando que el barón no tenía ningún derecho sobre su hermana, y que, según todas las leyes del Imperio, ella podía casarse con Cándido mediante matrimonio de mano izquierda[114]. Martín opinó que había que echar al barón al mar. Cacambó decidió que debían devolverlo al oficial de tropa del barco turco y meterlo de nuevo en galeras; tras lo cual, lo enviaría a Roma con el padre general en el primer navío. Esta idea pareció a todos magnífica; la vieja la aprobó pero nada dijeron de sus intenciones a la hermana. La cosa se hizo gastando algún dinero, y se dieron el gustazo de encerrar a un jesuita y de castigar el orgullo de un barón alemán.

Habría, naturalmente, que pensar que Cándido, después de tantos desastres, casado ahora con la mujer amada y viviendo en compañía del filósofo Pangloss, del filósofo Martín, del prudente Cacambó y de la vieja, y puesto que había traído tantos diamantes de la patria de los antiguos Incas, viviría la vida más placentera del mundo; pero fue estafado por los judíos, de suerte que sólo le quedó su pequeña alquería; su mujer, que cada día se afeaba más, se volvió desabrida e insoportable; la vieja estaba enferma, su carácter se agrió más incluso que el de Cunegunda. Cacambó, que trabajaba en el jardín, y que iba a vender legumbres a Constantinopla, estaba abrumado por el traba-

---

[114] Matrimonio de mano izquierda o morganático, el que contrae un príncipe con mujer de rango inferior, o viceversa, tras el cual cada uno conserva su rango anterior a la boda; se llama «de mano izquierda» porque en la ceremonia, el esposo daba la mano izquierda a la esposa.

jo y maldecía su destino. Pangloss estaba desesperado por no poder triunfar en alguna universidad de Alemania. En cuanto a Martín, estaba firmemente persuadido de que se está igual de mal en cualquier parte; tomaba las cosas con paciencia. Cándido, Martín y Pangloss discutían a veces de metafísica y de moral. Desde las ventanas de la alquería, se veían pasar, a menudo, barcos cargados de effendis[115], de bajás, de cadíes enviados al exilio a Lemas, a Mitilene, a Erzerum. Se veía también la llegada de otros cadíes, otros bajás, otros effendis, que ocupaban el puesto de los expulsados y que, en su momento, también ellos serían expulsados. Se veían cabezas pulcramente llenas de paja, que llevaban a presentar a la Sublime Puerta[116]. Estos espectáculos hacían que las disertaciones fueran cada vez más numerosas; y, cuando no discutían, el aburrimiento era tal que la vieja se atrevió a decirle:

—Me gustaría saber qué es peor: ser violada cien veces por piratas negros, tener una nalga cortada, pasar por las baquetas de los Búlgaros, ser azotado y colgado en un *autodafé,* ser disecado, remar en galeras, experimentar, en fin, todas las miserias por las que nosotros hemos pasado, o quedarnos aquí sin hacer nada.

—¡Ese sí que es un gran dilema! —dijo Cándido.

Esta salida dio lugar a nuevas reflexiones, y Martín, en especial, llegó a la conclusión de que el hombre ha nacido para vivir en medio de las convulsiones de la inquietud o en el letargo del aburrimiento. Cándido no estaba de acuerdo, pero tampoco aseguraba nada. Pangloss confesaba que siempre había sufrido horriblemente, pero que, habiendo mantenido, en cierta ocasión, que todo iba a las mil maravillas, lo seguía sosteniendo, por más que ya no creía en ello.

Una cosa acabó de reafirmar a Martín en sus detestables principios de hacer dudar más que nunca a Cándido, y de poner en aprietos a Pangloss. Un día, vieron llegar a su alquería a Pascualina y a fray Alhelí, que se encontraban en la miseria más espantosa; se habían comido muy pronto las tres mil piastras, se habían separado, habían vuelto a juntarse, se habían peleado, habían ido a parar a la cárcel, habían

---

[115] Effendis: título honorífico entre los turcos: excelencias, señorías, etc.

[116] Las cabezas rellenas de paja eran las de los bajás u otros personajes degollados por orden del sultán como castigo a su comportamiento. Si venían de lejos, antes de llevarlas a exponer en los nichos que había a la puerta del viejo palacio de Constantinopla, les quitaban los sesos y las rellenaban de paja.

escapado y, finalmente, fray Alhelí se había hecho turco. Pascualina seguía con su oficio allá por donde iba, pero ya no le sacaba provecho.

—Ya suponía yo —dijo Martín a Cándido—, que derrocharían enseguida vuestras dádivas, y que esas dádivas no los harían sino más miserables. Vos y Cacambó habéis nadado en la abundancia de millones de piastras, y no sois más felices que fray Alhelí y Pascualina.

—¡Ah!, ¡ah! —dijo Pangloss a Pascualina—, el cielo os trae aquí, junto a nosotros, mi pobre niña. ¿Sabéis que me habéis costado la punta de la nariz, un ojo y una oreja, mientras vos seguíais entera? ¡Qué mundo éste!

Esta nueva aventura los indujo a filosofar más que nunca.

Había en las cercanías un derviche muy famoso, que pasaba por ser el mejor filósofo de Turquía; fueron a consultarlo. Pangloss tomó la palabra y le dijo:

—Maestro, venimos a rogaros que nos digáis por qué ha sido creado un animal tan extraño como el hombre.

—¿Por qué te metes tú en eso? —dijo el derviche—. ¿Es, acaso, cosa tuya?

—Pero, reverendo padre, dijo Cándido, en la tierra hay una barbaridad de mal.

—¿Qué importa, dijo el derviche, que haya mal o bien? Cuando Su Alteza envía un navío a Egipto, ¿se preocupa de si los ratones que hay en el barco están a gusto o no?

—¿Qué hay que hacer entonces? —dijo Pangloss.

—Callarte —dijo el derviche.

—Me gustaría —dijo Pangloss—, razonar un poco con vos sobre los efectos y las causas, sobre el mejor de los mundos posibles, sobre el origen del mal, sobre la naturaleza del alma y sobre la armonía preestablecida.

Al escuchar estas palabras, el derviche cerró la puerta en sus narices.

Durante esta conversación, se había difundido la noticia de que acababan de ahorcar en Constantinopla a dos visires del consejo del Sultán y al muftí[117], y que habían empalado a varios amigos suyos. Durante algunas horas ese desastre fue la comidilla de todo el mundo. De vuelta a la pequeña alquería, Pangloss, Cándido y Martín encontraron

---

[117]   El muftí es el doctor de la ley.

a un buen viejo que tomaba el fresco a la puerta de su casa bajo una enramada de naranjos. Pangloss, que era tan curioso como hablador, le preguntó cómo se llamaba el muftí que acababan de ahorcar.

—No sé nada —respondió el buen hombre—, y nunca he sabido el nombre de ningún muftí ni de ningún visir. Desconozco completamente el suceso de que me habláis; presumo que, por regla general, los que se mezclan en los asuntos públicos algunas veces mueren miserablemente, y que lo merecen; pero nunca me informo de lo que se hace en Constantinopla; me contento con mandar a vender allí los frutos del huerto que cultivo. Y, después de decir todo eso, hizo pasar a los extranjeros a su casa: sus dos hijas y sus dos hijos les ofrecieron varias clases de sorbetes que ellos mismos hacían, el kaimac salpicado de cortezas de cidro confitado, naranjas, limones, toronjas, ananás, pistachos, café de Moka, sin mezclar con el mal café de Batavia y de las islas.

Tras ello, las dos hijas de aquel buen musulmán perfumaron las barbas de Cándido, de Pangloss y de Martín.

—Debéis de tener una tierra vasta y magnífica —le dijo Cándido al turco.

—No tengo más que veinte arpentes —respondió el turco—; los cultivo en compañía de mis hijos; el trabajo aleja de nosotros tres grandes males: el hastío, el vicio y la necesidad.

Al volver a su alquería, Cándido hizo profundas reflexiones sobre las palabras del turco. Y dijo a Pangloss y a Martín:

—Me parece que ese buen viejo se ha forjado un destino mejor que el de los seis reyes con quienes tuvimos el honor de cenar.

—Las grandezas son muy peligrosas —dijo Pangloss—, según informan todos los filósofos, porque, a la postre, Eglon[118], rey de los Moabitas, fue asesinado por Aod; Absalón quedó colgado de los cabellos y atravesado por tres flechas; el rey Nadab, hijo de Jeroboam, fue muerto por Baaza; el rey Ela, por Zambri; Ocosía, por Jehú; Atalía por Joás; los reyes Joaquín, Jeconías y Sedecías, fueron esclavos. ¿Ya sabéis cómo murieron Creso, Astiajes, Darío, Dionisio de Siracusa, Pirro, Perseo, Aníbal, Yugurta, Ariovisto, César, Pompeyo, Nerón, Otón, Vitelio, Domiciano, Ricardo II de Inglaterra, Eduardo II, Enri-

---

[118] Eglon y demás personajes hasta Sedecías (incluido), lo son del Antiguo Testamento. Los demás pertenecen a la historia y son héroes, reyes, líderes, etc.

que VI, Ricardo III, María Estuardo, Carlos I, los tres reyes de Francia, el emperador Enrique IV? Ya sabéis...

—Sé también —dijo Cándido—, que tenemos que cultivar nuestro jardín.

—Tenéis razón —dijo Pangloss—; porque si el hombre fue puesto en el jardín del Edén, lo fue *ut operaretur eum,* para que lo trabajase; lo cual prueba que el hombre no ha nacido para el descanso.

—Trabajemos sin razonar —dijo Martín—; es el único medio de hacer soportable la vida.

Toda aquella pequeña sociedad entró en este loable programa; cada uno de ellos se puso a desarrollar sus talentos. La pequeña tierra dio mucho. Cunegunda era en verdad muy fea; pero se convirtió en una excelente pastelera; Pascualina bordaba; la anciana se ocupaba de la ropa. Ni siquiera fray Alhelí dejó de prestar un servicio: fue un buen carpintero e incluso se volvió hombre honrado; y Pangloss decía algunas veces a Cándido:

—Todos los acontecimientos forman cadena en el mejor de los mundos posibles; porque, en suma, si no hubiérais sido expulsado de un hermoso castillo a puntapiés en el trasero por amor a la señorita Cunegunda, si no hubiérais caído en manos de la Inquisición, si no hubiérais recorrido América a pie, si no hubiérais propinado una buena estocada al barón, si no hubiérais perdido todos vuestros carneros del buen país de El Dorado, no comeríais aquí cidras confitadas ni pistachos.

—Decís muy bien —respondió Cándido—, pero tenemos que cultivar nuestro huerto.

ÍNDICE

143